生活开满蔷薇

武秀玲 著

国文出版社
·北京·

图书在版编目（CIP）数据

生活开满蔷薇 ／ 武秀玲著. —— 北京：国文出版社，
2025. —— ISBN 978-7-5125-1871-1

I. I267

中国国家版本馆CIP数据核字第2024XQ2264号

生活开满蔷薇

著　　者	武秀玲
责任编辑	罗敬夫
出版策划	凌　翔
责任校对	陈一文
装帧设计	邓小林
出版发行	国文出版社
经　　销	全国新华书店
印　　刷	三河市中晟雅豪印务有限公司
开　　本	787毫米×1092毫米　　　　16开
	13.5印张　　　　170千字
版　　次	2025年5月第1版
	2025年5月第1次印刷
书　　号	ISBN 978-7-5125-1871-1
定　　价	69.80元

国文出版社
北京市朝阳区东土城路乙 9 号　　邮编：100013
总编室：（010）64270995　　传真：（010）64270995
销售热线：（010）64271187
传真：（010）64271187-800
E-mail：icpc@95777.sina.net

目录

第一章　藏在补丁里的母爱

第二章　让坚韧开出希望之花

第三章　敬畏闪闪发光的灵魂

后记　关于我的写作

第一章

藏在补丁里的母爱

藏在补丁里的母爱

在我的衣柜里珍藏着一件红色的秋衣。每当拿起它，我就忍不住潸然泪下。秋衣太瘦了，我早已穿不上，只是两袖肘处的补丁十分显眼，补丁的针脚有点稀疏。我紧紧地把它抱在怀里、贴在心口上。泪光中，母亲的笑容又一次浮现……

上高一的时候，我不知唠叨过多少遍："我再也不要穿姐姐剩下的旧衣服了，同学们都穿没有补丁的新衣服，我也要买新衣服穿。"我一边连哭带说，一边随手把两件布满补丁的旧衣服扔到窗外的花盆里。妈妈皱着眉头，很难过，无奈地从集市上买回一件红色的秋衣给我。

妈妈是个地地道道的农民，挣钱非常不易，但为了四个孩子的成长，她在农忙之余养了几只母鸡，用鸡蛋补贴些家用。当然，我的红色秋衣也是妈妈用舍不得吃的鸡蛋换回来的。

直到我出嫁那年，这件秋衣仍旧是我穿的第一件新衣服，对我来说，弥足珍贵。我一直贴身穿着，不舍得换掉。红秋衣已经褪色了，颜色有点发白，两只袖子也都磨出了窟窿。后来，实在穿不了了，我才换掉这件红秋衣，恋恋不舍地把它放到窗外的花盆里。

婚后，我走南闯北和老公一起做生意，老公为了弥补我的辛苦，给我买了不计其数的新衣服。

后来，我的新衣服多到衣柜里都装不下了，老公却还在乐此不疲。有时，看着堆积如山的新衣服，我会突然产生一种莫名的负罪感。

有一次，回家过年，老公为妈妈买了大包小包的礼物。我也把老公买的好吃的一样样都放进妈妈嘴里品尝，妈妈感动得直掉眼泪。但她吃了几口就不吃了，她把这些食物全部装在一只竹篮子里，我知道那个大竹篮是以前看望姥姥时才会用到的。

妈妈老了，头发白了，人也糊涂了，让我心疼。她多次努力地抱起大竹篮子，人却迷茫地待在那里。我姥姥已经去世10多年了，因脑出血出现间歇性失忆的妈妈，抱起竹篮不是走不动了，而是不知道应该送到哪里。

妈妈的病越来越重，弥留之际，她时时忘记了自己，却唯独忘不了她对女儿的爱。妈妈吃力地拿出那件红秋衣，艰难地套在我的头上。没想到一阵清醒一阵失忆的妈妈，还会把女儿的秋衣从窗外捡回来。我看到袖肘的窟窿也都补上了补丁，姐姐说："咱妈用偏瘫的手给你缝袖肘时，视力已经模糊，双手也使不上多少劲儿，常常糊涂到分不清哪头是针尖哪头是针孔，因为老把针孔当针尖用，妈妈被针扎得满手都是针眼。妈妈为了给你缝补丁掉落多少次针，扎了多少次手，你知道吗？"姐姐哽咽了，我瞬间流泪不止，感觉那些针眼不光扎在了妈妈的手上，也扎在了我的心上。

妈妈已经不会说话了，她出于母爱本能爱着她的孩子。我顿悟，我小声告诉妈妈："妈妈，我爱你，妈妈我不会忘了你的教导，妈妈我绝不忘本，妈妈，我将永藏你为女儿留下的这最后的补丁……妈妈，我爱你……"

那藏在补丁里的母爱啊，温暖我一生一世。

家乡的年糕

腊月的一个早上去妹冢乡赶年集，看到有年糕卖于此，我便忆起了很多关于家乡过年的往事。

年糕是家乡过年必备的食物，年糕是学名，它们真正的名字叫花狗。在我们家乡的年货中，它们是争奇斗艳的，就像满汉全席上的必备品一样珍贵，有时候它们也会出现在新媳妇大年初二回娘家的认亲宴上。

每年春节，母亲都会手把手地教我们姊妹几个，在腊月二十八这一天和面、泡枣、蒸年糕。于是，我们拿起擀面杖、竹筷子、剪刀，在特大号的案板上忙碌，让它们百花齐放，一朵朵、一盘盘地摆在奶奶烧热的大炕上，醒一醒后会更美丽华贵。

年糕的花样千姿百态，有的叫枣山，是枣与面层叠起来像小山形状一样的造型，寓意节节高升、步步高升，是供给财神爷吃的。特大号两个圆形图案的年糕是给老爷爷老奶奶吃的，寓意团团圆圆、生活美满。当然也有灶王爷的年糕、保家爷的年糕、牛马爷的年糕、老天爷的年糕、单看它们的花样，根本不知道它们是摆在哪个位置的贡品。

母亲做这些年糕的时候，每次都会先把面和好，然后设计好花型，再看着温度把发面醒一小会儿。或者直接做好花样、放好红枣，摆放在大铁锅蒸笼里醒20分钟再蒸。我问母亲，为什么不像蒸包子、馒头那样蒸？母亲说，因为年糕是年货、是贡品，是先给年神、祖先品尝的。母亲又告诉我们，这位神的神通很是广大，所以千万别觉得麻烦，它是保护人类平安的。受母亲的影响，我们也是洗净双手才能摆起年糕供给年神，母亲说："小孩子们吃了给年神吃过的年糕就能逢凶化吉、避灾免难。"

也因童年的灾难每次都能顺利地化险为夷，自然觉得年神在过年时的护佑应该是十分灵验的。从此，我也爱上了蒸年糕。"过年好"，是春节时母亲带我去给长辈们磕头拜年常说的吉祥话，也像某歌曲所唱那样，"辞旧迎新过年好"呀！一样的喜庆！

后来，我通过阅读书籍知道，原来，春节是中国民间最富有特色的传统节日之一，也是全年最重要的节日。这个节日，在千百年的历史发展中，形成了一些较为固定的风俗习惯，其中蒸年糕就流传至今。

贴春联、贴窗花和倒贴"福"字，在过年时表示喜庆欢乐，也表示"幸福到"，过年"福气到"。爱蒸年糕的母亲常常会把"喜"字和"福"字雕刻在大年糕的正中央，寓意幸福喜乐。

年糕不仅是农历新年的应时食品，也是一种吉祥幸福的象征，难怪我们家乡话有"花狗"一说，原来它是一种祛邪扶正的象征。后来，我便更加爱做"花狗"这些年货了，虽然它的名字不是朗朗上口，但是它的寓意美好深重。

我还专门查阅了有关资料，得知"花狗"被视为忠诚和吉祥的象征，狗除了看家护院，还有辟邪、防豺狼、防猛兽等作用。糕上塑有狗的造型，寓意美好。同时，"糕"与"狗"谐音，久之，便成了俗称。

现在生活富足了，年糕也不只是春节才有，但我还是很怀念童年的年糕、怀念洗净双手学着母亲供奉年神的节日，怀念那些关于"花狗"会看家护院保护人类的传说，所以，我不觉得年糕比"花狗"这个名字更好听，反而觉得它们的寓意都很美好。

家乡的年糕，不仅是我最爱的美食与年货，它还陪伴我长大，闻着它那香香甜甜的味道，我似乎明白了过一年又长大了一岁的真谛。

春联红，年味浓

每到春节的时候，家家户户都会贴春联。

我们那里有个风俗：腊月二十八，贴窗花。贴窗花也包括贴门神年画，常常是把秦琼和尉迟恭贴在左右两侧的大门上，因为二人骁勇善战可以降妖除怪，所以贴得早。而对联，要等到腊月三十这一天才贴。现在过年人们贴的春联大多数都是买的，或者买物品赠送的，而以前贴的春联都是找文化人代写或者自己书写的。

在我和弟弟还年幼的时候，我家的春联都是我姥爷写的，因为我姥爷写得一手好字，亲戚朋友过年都找我姥爷写春联。等我弟弟上高中了，我姥爷已经年迈多病，写不动了，只好让弟弟写，虽然弟弟写的毛笔字不是太好，但是比买来的看着真实而喜庆。

大年三十的早上，母亲会把卖鸡蛋赚来的钱给我和弟弟去妹冢镇供销社买一支毛笔、一张红纸、一瓶墨水。

写春联的工具买回来以后，先要裁纸。弟弟通常会把红纸先叠出六张40.5厘米宽、1.5米左右长的纸条，然后把这些纸条叠成方格，再用剪刀一条一条裁剪出来，这些是用来书写三个大门的春联。剩下的红纸，弟弟就全部剪成40厘米左右长、40.5厘米宽的纸条，叠成四个方格，用来写横批和其他地方的春联。

红纸裁完之后，弟弟还要烫毛笔，因为刚买来的毛笔笔头很硬，要用温开水烫一会儿才好用。

准备工作完毕，便可以写了。

弟弟把裁好的红纸放在眼前，左手用砚台压住纸条上面，右手拿起笔，在墨水瓶里蘸饱墨汁，然后在砚台的凹槽里抹两下，直到感觉不会有墨水滴在红纸上，才在折好的第一个方格里先写下第一笔，然后再写以下的笔画。姥爷教给弟弟，在该顿笔的地方一定要顿笔才好看。

弟弟刚开始写的时候通常会小心翼翼，写过几个字之后手法就快了。他一般先写那六条长的春联，内容诸如：上联为瑞雪兆丰年，下联为好风频来鸣，横批是福满人间。上联为春光明媚花千树，下联为岁月宁静柳万条，横批是和气生财。上联为春回大地万物苏，下联为福满人间喜气盈，横批是新春大吉。之后再写短的小春联，贴在映门墙上的是：进门见喜；贴在灶王爷上的是：上天言好事，下界降吉祥；贴在粮仓上的是五谷丰登……都是一些吉祥、祝福的话语。

弟弟写完之后，先洗一下砚台和手，便赶紧拿起春联比对欣赏一番，再把它们放在书桌上先晾着。然后，我和弟弟开始准备浆糊。有的是用小麦粉加水搅拌直接用的，叫生浆糊。不过，生浆糊粘不牢固，一阵风吹过春联就会随风而去。我们就用铁勺子把生浆糊在火炉子上加热，搅拌均匀就成了熟浆糊。浆糊黏稠度正好后，春联上的字也晾干了。

我和弟弟找一把牢固的四方凳，我先用高粱头做的刷子在门边刷均匀浆糊。弟弟则站在四方凳子上，拿起写好的春联开始贴，而此时的父亲总会在旁边查看、指挥："靠左一点点，再靠左一点点。"弟弟就把春联慢慢地按照父亲指挥的方向轻轻移动，经过多次调整距离，春联终于贴好了。

弟弟跳下方凳，欣赏自己的佳作，心里美滋滋的，开心写在他的脸上。

到了大年初一早上，全村的人们相互给长辈拜年的时候，都不忘欣赏家家户户的春联。看谁家写的字更好，春联更有新意，寓意更有年味。在热热闹闹的气氛中，我们过了一个又一个喜庆祥和的春节。

夏季的薄荷

在济南凤凰山花卉市场，一个个百花争艳的摊位上，我突然看到一大盆绿叶薄荷，非常浓密的一大簇，长在一个十分破旧的灰土盆里，根系发达到快撑破了这古董一样的小土盆。虽然隔着两个摊位，但是我闻到了提神醒脑的薄荷香味。于是，我也不还价，10块钱的薄荷连土带盆都给了我。

费了九牛二虎之力，我终于把那盆薄荷抱回了家。我把它放在一楼的小花园里，不小心碰掉了几片叶子，我捡起一片，搓碎了放在鼻子底下闻一闻，味道清香扑鼻，还有一点点提神醒脑的味道。也许是因为薄荷的香气，今年小花园的蚊蝇少了许多，只有蝴蝶和蜜蜂仍是常客，似乎喜欢薄荷开出小白花的清香味道。

我原本还怕它香味太小，防不住蚊虫，便换个大一点的花盆，浇足水后，它呈现出大大的一簇，很是壮观。如果不是看到它开出的小白花，猜不出它会有六岁的年纪。

于是，我扦插了两个枝叶，种在小花盆里。肥厚的叶面，浓郁而稠密，或放在书桌上做装饰，或放在窗台上防蚊虫，或掐些嫩叶，洗干净，做薄荷丸子、薄荷凉拌菜，泡薄荷茶。

我原本不清楚薄荷有药用的功效，直到孩子买了两只小白兔，兔笼子有一点缺口，跑出来一只。我想着里面那一只更幸福，有幼兔粮、清水、青菜叶子可以吃，食物很是丰富。可是一周之后，兔笼子里面那只无忧无虑的小白兔突然死掉了，跑出来的这只不仅啃食了艾叶和薄荷，还啃食了许多杂草，仍蹦蹦跳跳地跑来跑去。虽然薄荷叶子被小兔子啃食掉很多，我还是很开心。

这之后我也开始食用薄荷，更多的是泡茶。以前每到夏季嗓子经常肿痛，今年夏天好像是多喝薄荷水的缘故，嗓子肿痛的毛病竟然消失了。

我不由得想起往事。薄荷是我从小就接触的植物。小时候我在奶奶家长大，奶奶家那个大菜园子里总是种着很多薄荷，奶奶叫它土薄荷，它其貌不扬，却全身都是宝，可生吃、可熟吃、可入药、可防蚊虫，也可以制作成盆景观赏。

夏天，走在小路上，随处可见薄荷田，空气里弥漫着薄荷的味道，清凉芳香。有养小兔子的家庭，孩子们会去水渠旁拔点薄荷草喂养小兔子，也许小兔子常吃薄荷叶子才更健康。

薄荷很好养活，施足农家肥，浇足水，它可以一直往上长，而且会窜根，会向外扩大自己的领地。嫩绿的叶子掐了还会再长，一茬接一茬，生命力极为顽强。

村里人种薄荷是为了卖钱。酷热的天气里，村民们去地里采摘好薄荷，装车，拉到专业的加工厂，炼成薄荷油出售，也会留一点儿送给亲戚朋友。

太阳底下，队伍很长，很多村民被晒得汗流浃背，脖子上的毛巾都能拧出汗水。大铁锅里冒着热气，使空气又增加了几分闷热。

奶奶家也有两亩薄荷田，她让爷爷采摘后卖给别人，然后买一大瓶薄荷露自己用。奶奶洗衣服会放一点儿，洗被罩会放一点儿，洗床单会放一点儿。因为天气闷热，我经常长出一身痱子，奶奶便在我泡澡时放一点儿薄荷露，常常只泡了一星期，痱子就消失不见了。

晚上，我泡脚时，奶奶也会往水里放一点儿薄荷露，奶奶说可以清热解毒不长脚气。

从我儿时起，记忆里的每个夏天，都会有薄荷的独特香气陪伴。所以，每当看到薄荷时，我总有一种熟悉的亲切感。

前几年，我上班的必经之路，有一家香料加工厂，每次经过那里，总能闻到浓郁的薄荷香。每次闻，整个人都像被唤醒了，瞬间清醒了许多。加工厂很大，厂房很长，我一路闻下去，精神抖擞，这一路薄荷的香风，竟不知不觉吹走了我工作一天的疲倦。

那段时间是我接触薄荷最多的几年，每次路过那里都会想起有关薄荷的往事。

如今，现代人都住上了高层楼房，安装了空调、纱窗，很少再受蚊虫的侵袭，也再不使用薄荷露泡澡消除痱子了。也许只有一些老年人才懂得薄荷的功效和价值，不抛弃、不放弃地想把它种在大花盆里，让它远离荒野走进年轻人的生活。

我常常想，很多被忘记的事物表面看上去普普通通，但只要对其创造性地加以利用，便可以化腐朽为神奇，让它闪烁出生命之光，一如我夏季窗台上的薄荷。

一篱秋色丝瓜花

忽而山河已秋，百花开始凋零，唯有丝瓜花，黄艳艳地挂在篱笆上，在秋风里含笑荡漾。

丝瓜是我的家乡最常见的一种植物。每年春天，奶奶都在房前屋后、篱边、墙角，顺手点几棵丝瓜种子，不出几天，它们就破土而出，生根发芽。丝瓜生命力顽强，长势喜人，不用刻意搭架立杆，自己就顺着砖缝爬，顺着窗户爬，顺着篱笆爬，爬成了绿色的瀑布。等到结瓜的时候，一个个丝瓜像一根根绿油油的胖娃娃，从叶下露出头来，没几天就长大了，皮实得很。

在乡下，每到秋天，丝瓜便被端上了餐桌。丝瓜汤、丝瓜炒鸡蛋、丝瓜炒木耳、丝瓜拌饭等，丝瓜有很多种吃法，每一种都很美味。

我最爱吃奶奶做的清炒丝瓜片。奶奶提着小篮子，我欢快地跑到丝瓜秧下，踩着小板凳，摘下一根根碧绿、光滑的长丝瓜。奶奶把丝瓜洗净去皮切成小片，备好葱姜蒜等佐料，然后起锅烧油，油热后倒入佐料爆出香味，倒入丝瓜片，翻炒均匀，关火后，把丝瓜用锅铲盛放在大瓷碗中。炒好的丝瓜片升腾着香喷喷的热气。夹起一筷子放进嘴里，让人回味无穷。

前两天回老家看望奶奶，远远地就看到那一篱笆墙的丝瓜。奶奶特意做了我最爱吃的清炒丝瓜片，清香扑鼻，鲜嫩顺滑，味道和小时候一样美好。奶奶忙着给我夹菜，慈爱地看着我一口一口地吃完，欣慰地笑了。

这满篱笆架的丝瓜花给我带来了多少美好的回忆和鲜香的滋味啊。

腌咸菜的缸

家里厨房的一角放着一个腌咸菜的缸。

上个星期天，弟弟送来一大麻袋新鲜带叶子的胡萝卜，说今年胡萝卜长得非常好，便送来一些让我尝尝鲜。我在心里一阵感激之后，便发愁这么多的胡萝卜什么时候才能吃完。这时，老公来了一句："做成腌胡萝卜吧，挺好吃的。"一句话惊醒梦中人！是啊，我怎么就没想到呢。老公主动将胡萝卜一个个清洗干净晾干水分。我则清扫那个尘封了多年的腌咸菜用的小土缸。

我费了九牛二虎之力终于把小土缸抱出来时，老公却瞪大双眼，一脸不屑地说："媳妇，你想好了，真用这个小土缸来腌胡萝卜吗？它这么土气，这么笨拙、难看，能腌出清脆爽口的咸菜？"老公建议我再买一个美观一点的容器。我坚定地说："你别看它样子长得土气，用它腌制出来的菜美不美味，再过四周就见分晓了。"说完，便自顾自地忙碌起来，将它反复刷洗干净。

我仔仔细细地观察着这个老公眼中土气的小缸，它上下一般粗细，和圆形塑料水桶差不多大，只是比塑料桶缺少一个提手。确实有些土气，可是在我眼中，它很接地气。

在我幼年生活的那个年代，冬季的一些菜食远没有像现在这样丰富多样。智慧的老百姓会把夏秋季吃不完的蔬菜腌制、储存起来，留到冬天吃。奶奶也是如此。

记得，逢年过节去奶奶家送节礼，妈妈和姑姑们在厨房帮忙煎炒烹炸，而我则在灶台边添柴烧火，并不时跟着忙前忙后。这时候，我最喜欢做的就是切咸菜丝。我把奶奶腌了满缸的老咸菜，用竹夹子从缸里夹出来，挑一个红萝卜、一个绿萝卜、一个胡萝卜，还有腌制的青椒、红椒、姜芽。把它们一一切成细丝摆放在青花瓷大碗里。滴几滴香油，倒一点醋，撒一点香菜末，色香味俱全的咸菜丝就做成了。诱人的味道，让人垂涎欲滴。

时光荏苒，过年的聚集处，从奶奶家移到了父母家。而那个"土里土气"的咸菜缸，也被移到我的家里。"移"过来的还有腌制咸菜的手艺，奶奶传承给妈妈，妈妈又传承给了我。

小土缸刷洗干净、晾干，我按照祖传的方法，仔仔细细地把腌制材料放进去，加上花椒、八角、小茴香和食用盐熬制的料水。盖好盖子，放在厨房的一角，静静地等待。

四七二十八天后，终于可以打开盖子了。老公已经洗净双手拿着竹夹坐在缸边，看我掀起缸盖，迫不及待地拿青花瓷大碗来盛，一夹子夹上来大半碗，红红绿绿的腌菜特有的香味扑鼻而来。"哇，真是五彩缤纷的腌菜大全，有胡萝卜、青萝卜、白萝卜、红萝卜，还有青椒、红椒、黄姜芽，这些咸菜不仅颜色好看，而且脆甜爽口呀！"老公眉开眼笑。我夹起一块腌萝卜放进他的嘴里，老公胃口大开，说："媳妇，这腌咸菜真的太好吃了，和奶奶家腌的咸菜一样好吃，真没想到，这个小土缸腌出来的咸菜这么美味！"我也忍不住夹了一筷子品尝，这美味竟让我在不知不觉中吃下去两个馒头。

这色香味俱全的腌菜，曾陪伴我整个童年，现在又悄悄地陪伴着我和老公的中年岁月。

千佛山上的野枣树

　　婆婆说："千佛山上的野枣要落了，捡回来，煮水喝治失眠。"婆婆说的就是小酸枣。酸枣树漫山遍野地生长，因"小酸枣"这个称呼过于优雅，所以人们还是喜欢叫它小野枣。

　　野枣树的叶子又圆又小，花朵盛开时，是黄色。它喜欢在山缝里生长，一丛一丛地生长，树枝和树干都有刺。婆婆说别看野枣树有刺，可在中药材里，它浑身都是宝。

　　看过野枣丛的人，都说它像野草丛，不像参天大树那般挺拔俊朗。但在我心里，它却是守护着深山原貌的枣神。深秋季节，田野荒芜，草木枯竭，偶尔会看到，野枣树上稀稀拉拉的果实还在，与大枣树上的果实很相似，而它却更显得淡泊而宁静、悠远而清逸，默默地蹲守在山间。

　　野枣树初开花时为浅浅的黄色，盛开时为米黄色，像轻染了一层油脂。等到开花结果，果实由小慢慢长大，到了霜降后，随风飘落在杂草丛中，或跌落在石头缝里，也有一两个倔强的，仍然挂在枝头，等待寒风的吹拂。它们有时会长在山顶，一丛一丛的，摇曳中，像是在与山风细细耳语。

看过野枣树的人，都喜欢它的内敛。在济南的千佛山上，野枣树无疑是山上一道纯朴而靓丽的风景线，于清凉的山风中尽情舒展，而不失匀称。远远望去，一簇簇的小野枣树依偎着，相邻、相生、随风而舞的那一刻，起伏跌宕的风姿和无惧无畏的坚韧让人敬佩。

野枣树的花期较短，成熟后的种子会随风飘落，无论杂草有多稠密，也无论山石的缝隙有多么坚硬，它落到哪里，哪里就是家，具有顽强的生命力。

记得我小时候和姑姑爬千佛山参加九九登山的庙会，深秋季节，山间遍地都是野枣。核大肉少酸涩难吃，只有老年人会捡一点回家煮水喝治失眠多梦，也会捡一点叶子煮水喝治伤风头痛。

对于婆婆来说，一丛丛的野枣树可是她最喜欢的宝藏。我们怕野枣树针刺太多不敢进入枣丛深处，但会采一些生长在边缘的野枣，送给婆婆煮水喝。野枣树给我们的爬山带来很多乐趣。

晚秋时节，在千佛山上又看到了野枣树，虽然没有小时候看到的那般连绵起伏、浩浩荡荡的感觉，但一丛丛的野枣树在山风中摇曳，仍让人不由得心头温暖，像是又遇到久未相逢的故园亲人。我爱济南的千佛山，更爱千佛山上的野枣树。

野芹菜里的春天

很多人喜欢春天，是因为百花盛开，美不胜收。我喜欢春天，则是因为一种其貌不扬的野菜——野芹菜。

芹菜是北方包大包子常用的一种蔬菜，它比香菜粗壮高大许多。只是，芹菜的价格比香菜更物美价廉一些。

奶奶一生勤劳节俭，家里吃的菜都是自己种的。我想吃芹菜香菇肉馅儿的大包子，就得等到春天。村头的河沿荒地中会长出野芹菜来，它比蔬菜市场卖的芹菜味道更浓郁纯正，用它包的大包子更唇齿留香。

春天里，我会央求奶奶带我去村头河沿的荒地上挖野芹菜。奶奶最心疼我，她自己挎一个大竹篮，给我挎一个小竹篮，再带上两把小铁铲子，向河沿的荒地出发。

我和奶奶走到村头河沿荒地旁，奶奶在河沿来回走走看看，她走到一片低洼地段，在一片杂草丛处停了下来，弯下腰去，用手轻轻抚着春草的枝叶，很细心，很轻柔。

不一会儿，奶奶便找寻到了野芹菜，很稠密，但是都躲藏在参差不齐的草丛里，很难挖出来。我学着奶奶俯下身去，看准了一撮野芹菜，就拿铲子铲了下去。我和奶奶一前一后挖着，奶奶把野芹菜一捆一捆用草绑好，整整齐齐码放在大竹篮子里。但我的铲子太小，完全不听我的使唤。我挖的野芹菜，有一半夹着杂草，还有一半沾满了泥土，像一个来不及梳洗打扮的小丫头，蓬松着绿色的小头发，看不清楚原本天真可爱的小模样。

奶奶见我不开心，连忙安慰我说："没事哒，回家认真择洗干净就好。"

小半天的时间，我和奶奶挖到的野芹菜就盛满了一大竹篮和一小竹篮。我望着满满的野芹菜，心里满满装的都是芹菜大包子的香味，不禁咽了咽口水。

在回家的路上，奶奶把她大竹篮里的野芹菜，送给了遇见的二奶奶一大捆，一会儿又送给了三奶奶一大捆。好不容易走到家门口，又看见了四奶奶，奶奶把大竹篮子里的野芹菜全部送给了四奶奶，让她回家包大包子吃。

看着奶奶慷慨大方地把野芹菜都送了出去，我心疼极了，用衣袖偷偷抹掉委屈的眼泪。这时候，奶奶接过了我的小竹篮子，夸我挖的野芹菜鲜嫩，比她挖的还好，还说今天要多放香菇和肉馅，要给我包野芹菜香菇肉馅儿的大包子。

奶奶一边摘洗着野芹菜，一边对我讲，谁家的好日子也不是靠一个人过出来的，四季轮回，谁家都会有困难和缺吃少穿的时候，互相帮衬，大家碗里都有饭吃，自然日子也能过得下去。我听后点点头，似懂非懂，我知道奶奶的心是善良的。

等奶奶包好了大包子，蒸熟后，先拿出一个放在我的小木碗里。我端着胖乎乎的大包子，左看看，右看看，闻一闻带有春天特有的浓郁又纯正香味的大包子，忍不住咬了一大口，满嘴的那个香，感觉自己如同吃下了整个春天，幸福的感觉无法形容。

长大以后，我在工作的城市独居，经常和左邻右舍分享我做的美食，得到一个"老好人"的称号。这时候，我才真正明白了奶奶送野芹菜的意义，它不仅是乡里乡亲间的互相帮衬，也是我们表达善意、拓宽人脉的一种交流方式。

每年春天，我都会想起奶奶做的野芹菜香菇肉馅儿的大包子，它冒着热气，飘着香气，它包着整个春天的香味，包着我儿时的记忆，还包着奶奶对我的教诲，更包着我对奶奶的思念和感恩。

开在乡野里的槐花

傍晚时分，拖着疲惫的身躯走下车，在刚关上车门的一瞬间，我被车前的两棵小槐树吸引住了目光。

只见在细细高高的枝干上，开满了茂盛簇拥的花朵，一串一串的白色花朵，宛若串串银铃，轻轻摇曳，在夕阳的映照下花色鲜艳，清香自浮。瞬间，我一天的疲惫一扫而光。

我踮起脚尖去细细欣赏着小侧枝上的槐花。它的总植株刚长到五米多高，枝干还不算太茂密，浓绿的叶子圆圆的、如红枣般大小，花朵以成串的形式相背而开，曲卷着的花边，水灵而娇艳。

这几天正是盛花期，眼前的这两棵小槐树的每一个侧枝，都开出了一串串的槐花，缀满那细弱的枝头，每一串花朵都喜笑颜开，笑语盈盈。花枝顶端，仍有好多含苞未放的花蕾小穗，一小串一小串地慢慢鼓出来，我想象着不出几日，微风吹过，这些小花骨朵又会开出一大串一大串带着香甜味儿的洁白花朵来，心里不由一片欢喜。

在我的家乡，槐花又被称为"救命花"。它是一种可食用花卉，富含多种活性成分和营养物质。把花朵洗净切碎拌上玉米面就能蒸出美味可口的窝窝头，在极度困难时期能充饥救命。所以，大家都亲切地叫它"救命花"。

　　槐花树因为好养活，加之花朵能吃，在农村随处可见。走在田间地头、篱笆下、大树旁猪圈围栏旁，都能看到它的身影。它有白色、粉色、紫色、浅红色等多种颜色，在微风里竞相开放。这让我想起返乡创业青年，优渥的城市生活不再是他们的第一选择，返乡创业成为他们实现自我价值的新舞台。他们带着先进的知识、高新的技术，纷纷投身到乡村振兴中来，他们如同一棵棵竞相开放的小槐花树，扎根在每一寸需要他们的土地上，发芽、开花、结果。

　　他们不仅为乡村振兴汇聚了新动能，也在实现自己梦想的路上绽放了最美的花朵。

豆腐情缘

　　每天清晨，各地的早市都犹如赶年集一样热闹，车进车出，人来人往。人们在其中精挑细选，精心选购着家庭所需的各式新鲜食材，蔬菜翡翠似的鲜嫩，鱼儿活蹦乱跳地跃出水箱，膘肥肉厚的猪肉摆满肉摊，鸡蛋新鲜红润摆满竹筐。而在这众多的食材之中，有一种食材，它会一年四季频繁地出现在每个家庭的餐桌上，那就是我最爱吃的、普通又有营养的豆腐。

　　豆腐，相传为西汉淮南王刘安所发明。自其诞生之日起，便凭借着上佳的口感、老幼皆宜的口味，以及丰富的营养价值，还有物美价廉的口碑，迅速赢得大众的喜爱。历经两千多年的悠久历史传承，豆腐至今仍然保持着传统的营养价值，成为大众消费者家庭的必备食品。

　　豆腐作为一种豆制品，由黄色的大豆精心制作而成。在漫长的岁月中，很多地方的豆腐仍然采用传统手工制作。三姑姥娘家曾经是制作豆腐的大户，我母亲每天做饭时用豆子秸秆烧成的草木灰，都会被她宝贝似的保存下来，给三姑姥娘家送去，让三姑姥娘留着点豆腐用。这种年久失传的纯手工制作过程，赋予了豆腐纯天然的味道，完整地保留了豆腐的营养和黄豆的清香。那股老黄豆的香味仿佛蕴含着大地泥土的气息，使得豆腐醇香而浓郁，质朴而天然。

清晨的蔬菜批发市场里，在盛满豆腐的竹筐前不时有人前来光顾。那方方正正的大块豆腐还冒着热气，成熟老豆腐的香气诱人，散发着独特的魅力，吸引着众人的目光。摊前排起了长长的队伍，每一位顾客从卖豆腐的大爷手中接过豆腐的那一刻，一种满足感油然而生。

豆腐的做法可谓是种类繁多。但儿时那抹味蕾上的记忆，仍挥之不去。在寒冷的冬天里，吃上一大瓷碗猪肉豆腐白菜炖粉条，暖心又暖胃，肉香与豆香完美结合，仿佛又置身于儿时农村小厨房的大铁锅旁。油炸肉盒子是母亲的拿手绝活，她在豆腐里面加上香喷喷的肉馅，外面裹满面糊，等大铁锅里的油热了之后，放进锅里，炸至金黄色，外焦里嫩，美味无比。

在天南地北的菜色中，豆腐似乎从来不是主角，但它却是不可或缺的配角。它那光洁的外表，淡淡的豆香，恰似一位淡雅的仙女，静静地守护着我们的健康。

豆腐从来不仅仅是一种食材，它更是漫长岁月的见证者。在物资匮乏的年代，豆腐因其物美价廉而成为每家每户餐桌上必备的食品。看见豆腐，便会想起以前那个年代，一家老小，一年四季在农田里为生活日夜操劳的身影；也会想起，冬季里一家人围坐在火炉旁吃晚饭时欢声笑语的场景。那是一段最难忘的岁月，一块小小的豆腐，承载着人们对过去的回忆，也承载着对美好生活的向往。

现在物质条件充足了，但人们对豆腐的喜爱却从没改变。豆腐就像是陪伴我们健康成长的老朋友，不管是过去，现在，还是将来，它都会在我们的生活中，补充我们的能量和营养，让我们的生活简单又丰富。

　　朴素的外表和丰富的内涵，慰藉了无数人的心灵，在每一顿含有豆腐的美味中，我们体味人生的平淡与幸福。

凉秋有味是丝瓜

家中房前有处大的院子，奶奶寻思来寻思去，决定种丝瓜。

在奶奶的眼里，有片空地就要种瓜种菜。于是，在阳光明媚的春末，奶奶将去年预留下的丝瓜种子，种在了十分肥沃的房前大院的三面篱笆墙下的土地里。

苗儿破土后，长势非常喜人，不长时间就爬上了篱笆墙。奶奶看着篱笆墙上爬满的丝瓜秧脸上笑开了花，奶奶口中念念有词："看这好长势，再过一段时间就开花了。"奶奶拿小桶浇水、施肥、松土，一天天走着念着，突然有一天就开出几朵小黄花。

夏季是壮根长藤的季节，院子里，天天都能看到奶奶的身影。太阳火辣辣的，丝瓜一天一个样地疯狂生长，一个一个地小黄花也爬到了篱笆墙上的最高处。奶奶顶着大太阳，在枝叶间穿梭，见有了虫子就一个一个捉出来，然后仔细观察，并及时用草木灰水喷洒。奶奶对丝瓜的管理十分用心。

对奶奶来说，时间过得真慢，好不容易秋天来到菜园里。

初秋，正是丝瓜生长的好时节。朝我家房前的大院望去，丝瓜一个个挂在篱笆墙上。丝瓜的长相特别像黄瓜，都将果实的一大半藏在叶的下面，家乡人几乎家家都在房前院子里种蔬菜，有的种丝瓜，有的种黄瓜，但是种丝瓜的特别多，种黄瓜的特别少，奶奶说是因为黄瓜娇嫩不好管理，所以大多数人都选择种好管理的丝瓜。差不多每一家的篱笆墙上都爬满了绿油油的丝瓜，远远望去，都会让你眼前一亮。

接下来的秋光里，奶奶会以丝瓜为原料，变着法儿给大家做各种各样的菜式。

丝瓜的烹饪方式有很多种，可以凉拌、炒制、煮汤等。每一种方式都能展现出它不同的风味。凉拌丝瓜是一道美味可口的佳肴，将丝瓜去皮切成片后，加入适当的调料，即可品尝到它的爽口和鲜美。丝瓜炒肉片美味又营养，与更多食材搭配，还能增添口感和食用价值。

在我老家的日常生活中，笑呵呵的奶奶总是喜欢做丝瓜鸡蛋汤。这道汤非常营养又适口，是全家百吃不厌的一道美味呢。

奶奶先将丝瓜洗干净去皮，然后去蒂，再切成片。下一个步骤烧锅热油，至七成热，将葱姜蒜切碎放入炒锅里炒香，再放瓜片爆炒两分钟左右，加入开水，调好面糊或者淀粉，开锅后先放入面糊或者淀粉，开锅一分钟左右后，放鸡蛋液，倒入鸡蛋液后立即关火。一道丝瓜鸡蛋汤就做好了，养颜、败火又营养。

丝瓜炒鸡蛋，也是我家餐桌上的一道美味。

奶奶把丝瓜片焯水后备用，再将鸡蛋液打散，加入少许的食用盐搅拌均匀。锅内放入适量油烧热，将打散的鸡蛋液倒入锅中快速翻炒，等鸡蛋液凝固后盛入瓷碗里。最后将少量的花生油倒入锅中加热，再倒入焯好的丝瓜片翻炒均匀，放入刚刚炒好的鸡蛋，加上可口的调料混合在一起同炒，最后出锅装盘。这道菜简单易学，香甜可口，非常美味。

入秋后，蒜蓉丝瓜、凉拌丝瓜、丝瓜炒鸡蛋、丝瓜炒肉等，都相继摆上餐桌。奶奶的一手好厨艺，让我们大饱口福。

细说起来，丝瓜富含丰富的营养价值，丝瓜中含有蛋白质、脂肪、碳水化合物、钙、磷、铁等。奶奶说，丝瓜还有很高的药用价值，它全身可以入药，具有润肤美白、健脑、活血通络等功效，不仅营养丰富，还老幼皆宜。

每到入秋，我们家就有了丝瓜菜的好味道。那不仅仅是一道道可口的家常菜，在餐桌上飘散的绵延不绝的香气里，还有奶奶淳厚的爱。奶奶常说："凉秋有味是丝瓜。"在丝瓜清甜的美味中，是秋味无边，大爱无边。

又是一片新绿

心凉满袖，海阔天空，飘逸的云影，似乎在这样的情景里做什么事都是有故事的。

我却什么也没做，只陪着阳台上的几棵薄荷待了一会儿，和它们一起听新秋的声音。

薄荷种在一个圆形大瓷盆里，起初是很拥挤的稠稠密密的一大瓷盆，但撒种子时，只覆盖了一层薄土，以致长出来的薄荷根很浅，浮于表面，每次浇水，都尽量用小壶轻轻地慢喷，薄荷会被慢喷的水力冲得歪歪扭扭满盆凌乱。隔一夜再看时，有的伏地而起，有的再也没有直起身来，渐渐融入泥土里。

不多久，大瓷花盆里就剩几棵弱不禁风的薄荷小幼苗了。

如此，便浇水也不勤了，没有了往日的珍惜之心，甚至想买些其他的菜苗和种子种进去。匆匆忙忙奔波在上下班的路上，终究还是没有时间再种，任那几棵弱小的薄荷幼苗自生自灭。只是偶尔想起，才会匆匆忙忙地浇上一点点水而已。

却是有心插花花不开，无心插柳柳成荫。弱不禁风的那几棵幼苗竟然蓬蓬勃勃地长开了，它们强劲的生命力仿佛在一瞬间被唤醒。有一次，做汤时翻遍整个厨房也没有找到一点蔬菜，我就把薄荷的小嫩尖掐下来放入锅里，做出了一锅香甜可口的薄荷鸡蛋羹汤，非常美味。

没几天，变魔术一般，光秃秃的枝干上又冒出了许多新芽，枝丫上也长出新的叶片，又是神采奕奕的一大瓷盆青绿。纵使从农村生活里走出来的我，对从泥土里长出的庄稼蔬菜有着深厚的认知和熟稔，也不由得为这一大瓷盆青绿的薄荷而鼓掌欢呼，从此浇水施肥，勤于关注，另眼看待了。

此后，薄荷的身份逐渐提高，变成了让我赏心悦目的一蓬新绿，更像是每天都要去多看几眼的朋友一般。

阳台上的窗户开着，凉爽的秋风吹来清新的气息。一楼阳台外面有一个小小的院子，左邻右舍也都有一个小院子，院子里种满丝瓜、韭菜、香椿、无花果等。秋风阵阵，叶子翩翩起舞，极有韵律，仿佛一首舒缓的、清朗的、明媚的秋之歌。

美好的时光总是短暂的。这样闲逸的秋之歌，也只是秋凉之时奏起的曲调，那片片青绿随着季节的纵深，将会一天天走向生命的尽头。爷爷常说："秋天正是落叶归根的季节。"在秋风中飘舞的叶子，对此了然于胸，但依旧会悠然飘落，如舞者轻盈跃下舞台，谢幕季节的华章。

眼前的薄荷呢？因为在阳台上，离青绿色的小院里只隔着一个窗纱，它们也在吹来的秋风中和小院里的青绿共舞，那枝叶摇曳仿佛在说，无论在哪个季节，只要有梦想，就一定会有希望。

想起前些年，还在领秀城居住的时候，阳台上放置了两个大花盆，公公婆婆来我家小住时，带了薄荷种子，种在了两个大花盆里。后来没有在意，秋天之后也没有照看过，任其自生自灭。第二年，本想把两个大花盆送人或者扔掉，意想不到的是，它竟然又长出了两大盆新绿，是薄荷。令人十分惊讶，不过也在情理之中。种子落在泥土里，自然要生根发芽。

秋风中轻舞的薄荷，是透彻的、潇洒的，也是温和的、宁静的，它们回应季节的呼唤，待明年春暖花开时又将是一片新绿。

秋来红薯香

　　红薯，在儿时的记忆里是秋天餐桌上的主食，也被视为丰收和富足的象征。当秋风吹过，金色洒满大地，田野里的红薯已经长势喜人，我决定去田间挖一些红薯，品尝一下秋天的丰收和快乐。

　　一个晴朗的秋日，我扛着铁锹来到自家的红薯地。地里的红薯丛生，一个个争先恐后地探出半个脑袋晒太阳。它们有红色的、有粉红色的、有白色的、有黄色的，还有紫色的，像红薯开会一样装进了我的竹筐。它们大小不一，模样更是千姿百态，它可是秋天老百姓餐桌上的必备美食。

　　我选了一个大而圆的红薯，如大瓷碗一般大小。我用双手托起它，感受它沉甸甸的重量。它是那么饱满，仿佛装满了整个秋天的希望。

　　我们一边连挖带刨，一边欣赏红薯地里的美景。红薯藤蔓密布，小叶片密密麻麻地盖满了整个红薯田，阳光透过红薯藤的空隙照在红薯上，映衬出它们撑破裂缝探出脑袋的肥硕体形。眼前的一切，让我感受到大自然的神奇与魅力。

　　我又选了一种短秧子小叶的红薯，因为它的秧与叶子较少，所以结的红薯都很小。它们像"七个小矮人"一样，在一颗根系上紧凑地排列在一起。这一颗红薯虽然不像别的红薯那样肥硕，但它在小小的绿叶下能结出七个小红薯，给我带来了不一样的惊喜。我小心翼翼地用工具把它们挖了出来，心中充满喜悦。

刨挖完毕，我带着满满的收获回到家中，将这些红薯放在小院的沙土堆旁，院子里立刻增添了秋收的味道。

我开始处理这些肥硕的红薯，挑出没有损伤的，没有掉皮的埋进沙堆里储存，剩下的洗净去皮切块制作红薯粥。我将切好的红薯块与小米和绿豆一起煮，等到快熟时加入一点点白糖和玉米粉增加浓稠度，使汤的口感更加美味。红薯小米绿豆粥倒入碗中那一刻，浓郁的香味扑面而来，令人垂涎欲滴。端起碗来尝一小口，顿时温暖全身，让我感到舒适和满足。

而制作红薯丸子，则需要将红薯蒸熟去皮，与面粉、鸡蛋、冰糖水等混合在一起，搅拌均匀后，用小勺子挖出来一小勺面糊，放进加热好的油锅里，开始油炸。奶奶说用75度左右的油温炸出来的丸子颜色不发黑，炸至红色才是最标准的颜色，且外焦里嫩，香甜可口。当我解锁成功，看着那一盆色香味俱全的红薯丸子时，感到无比的骄傲与幸福。

全家人围坐在餐桌前，品尝着我们亲手挖出来又亲手制作的红薯美食，分享着这份秋天的幸福与满足，感恩大自然的丰盈和馈赠，倍加珍惜自己的辛勤劳动所得，更期待下一个万物蕴美、红薯飘香的秋天。

每一口红薯的美味，都让我感到心满意足，也让我对未来充满无限的希望。我总是相信，只要我们辛勤付出，用心去灌溉去耕耘，秋天必然会不负众望，还给你想要的果实。无论是红薯还是梦想，只要是我们执着了，必然都能收获美好的结果。在这个秋收的季节里，让我们怀着感恩的心情。

姑姑家的柿饼

　　陪姐姐去姑姑家做客，我十分不愿意。路远难行，我又晕车，而且天不亮就得摸索着走到一里地外的大马路边等车，先坐两个多小时小客车到县城，然后再从县城车站坐四个多小时的大客车到姑姑那个城市，从车站出来，再坐29站公交车。下车后，七拐八拐的，终于到了姑姑家。

　　这时候，已经快到傍晚了。郊区村里面小院听不到一声狗叫，寂寥冷清。

　　小院旁边有一座小山坡，片片金黄的谷穗低垂，仿佛在诉说着丰收的喜悦。微风吹过，散发出阵阵清香，浓烈而清新。在晚霞映衬下，这片泛着金色光芒的穗浪是姑姑所在城郊村附近最美的秋日画卷。

　　那会儿，这个似乎被遗忘了的偏远小地方，村头那两家最气派的商店才只有一层门面房，姑姑家也是一层门面房。但是姑姑在一层小房上又建了一间小阁楼，阁楼上养了几只鸽子，其中一只最漂亮的鸽子飞去了房后。

　　第二天上午，天气很好，阳光灿烂。趁着姐姐和姑姑包饺子聊天，我悄悄爬上姑姑家房顶上的小阁楼。

这里能看到小山坡的另一面。起初，我只是想看看那只漂亮鸽子的去向，心里有点好奇，同时也想欣赏一下谷穗在阳光下金黄灿烂的壮观景象。不料，我刚登上阁楼，竟然发现还有一个更迷人的世界，那是一片银杏树林，满树金黄，每一棵银杏树都尽情地绽放着它的美丽。

我快速爬下阁楼，绕到房后小山坡，终于找到了通往银杏树林里的大路。在一个小河边上，道路有点高低不平，我深一脚浅一脚地慢慢走过去，一下子豁然开朗。地上铺满银杏树叶，像踩上了厚厚的黄金地毯。我开开心心地捡拾着好看的银杏树叶做标本，突然，一个东西"嘭"的一声砸在我脚边，吓了我一跳。

林子里静极了，只有沙沙的风声和两只喜鹊匆匆飞过。我看向砸到我脚边的红色物体。就在这时，在同一个地方又落下来一个同样的物体。

我正不知所措，却看到一位老人微笑着叫我。原来是姑父，在他身后是一片柿子树。

姑父告诉我，虽然这边都是柿子树，但是柿子也有很多种，有的吃起来脆甜甜的，有的可以拿吸管喝好喝的浓浆，还有的可以做柿饼吃。

姑父说：他不喜欢受单位的管制，喜欢开车卖柿饼，于是在这银杏树林边上，就有了姑父深爱的柿子园。姑父从他的双排小货车上拿过来几个沾满白霜的柿饼给我品尝，我轻咬一口，软糯香甜，十分美味，比在商店里卖的好吃得多。姑父说，柿饼都是他纯手工制作的。

姑父见我喜欢吃柿饼，赞赏他的手艺，很开心地和我约定，每年秋后都请我吃他做的纯手工柿饼。

当时，我以为姑父不过是随口一说，这么老远，舟车劳顿的，我也不可能每年都来这里。

然而，姑父竟一直信守承诺，每年秋后他都会挑最大的柿饼寄到我家。

后来，姑姑年纪大了生病住院时，我还回去看望过姑姑和姑父。姑父说，当年刚刚包种柿子树时，由于不会种植与管理，赔钱了。多亏你爸爸卖了一头牛才帮我渡过难关，我才能把柿子树养到今天。

我也终于说出心中的疑惑，为什么到了收获的季节，还会留下许多柿子红红的挂在枝上，姑父慢慢道出详情：这是为了维护自然平衡法则，鸟有了吃不完的柿子才不会在冬天饿死，等来年春天到了，才会飞到果树上吃害虫。柿子自然熟透落下的，也是为了平衡地里的微生物发酵养料，只有这样，来年结出的柿子才会又大、又多、又好吃，做出来的柿饼也会更软糯香甜。

我心中百般滋味，原来这圆圆的柿子饼还有那么多故事。

家乡的荠菜包

儿时的记忆里，有一样是我最爱吃的美味，那就是在家乡奶奶亲手包的荠菜包子。

每当春雨过后，田野里的荠菜开始快速生长，奶奶总会提着竹篮和我一同前往村头的田地，开开心心地采摘这些翠绿又新鲜的荠菜。阳光透过麦叶的缝隙洒在我们身上，微风拂过，麦田和泥土的清香让我沉醉。

快到晌午时，我们挎着满满的竹篮回到家里，奶奶细心地把挖回来的荠菜挑出去杂草，清洗干净。她知道荠菜的嫩芽才是最好吃的部分，因此去掉老根、老叶，只保留最鲜嫩的荠菜芽儿。接着，奶奶将荠菜芽切成菜末，然后倒入打散的鸡蛋液，与荠菜末混合在一起，加入十三香、适量的食用盐、酱油、味精等，搅拌均匀，做成一盆子香喷喷的翠绿又新鲜的馅料。

紧接着，奶奶取出酵母，用30度的温水化开后，加入面粉调制出柔软而又富有弹性的面团。发酵45分钟后，她把面团分成若干份，擀成薄薄的、一片一片的包子皮，整整齐齐地排列在案板上，在每一片包子面皮上，挖上一大勺子荠菜馅，然后熟练地将包子包成一个个圆圆的形状。

而后，奶奶会把包好的包子放在温暖的阳光下，给包子晒上5分钟左右的太阳，再将这些晒热乎的包子放到蒸笼里，蒸20分钟左右。包子还在蒸笼里，就已经香味扑鼻。20分钟后，白白胖胖的大包子出锅了。奶奶将包子一个一个地盛在大瓷盘子里，并拿出最后一个掰成两半，分给我一大半，我深咬一口，真香啊！每一口都是奶奶对我的爱。

岁月匆匆，我长大了，外出上大学。在异国他乡，我常常想念奶奶包的荠菜包子，有一次感冒发烧，实在吃不下饭，情不自禁地给奶奶打了一个电话，诉说着对她厨艺的想念。谁知一周后我竟然收到了奶奶托人邮寄过来的真空冷冻包裹。

打开包裹那瞬间，我流下了激动的泪水。那一刻，我感受到了亲人的爱，也感受到了家的温暖。我迫不及待地走进厨房，开火烧水蒸大包子，这一刻我又仿佛回到了童年的家乡。

异国的晚风格外凉，我提醒自己要早日把学业完成，好早点回到家乡，早点见到我的奶奶、我的亲人，早点回国就业，早点报效祖国母亲。

走南闯北之后我更知道，还是祖国的怀抱最温暖，还是家乡奶奶包的荠菜包子最香。

奶奶的腊八粥

　　熬腊八粥是奶奶最拿手的厨艺之一。奶奶熬的腊八粥，细腻绵软、醇香浓稠，上面结了一层厚厚的米油，泛着柔和的光泽，宛如一块质量上乘的红色琥珀。在寒风刺骨的腊月里，带着满身的雪和寒气回到家中，喝一碗热乎乎的腊八粥下肚，一股暖流便从胃里弥漫开来，直达身体的每一个毛孔，让人感到分外温暖。奶奶常说："老年人喝一碗腊八粥暖心又暖胃，孩子喝一碗腊八粥身体健康长得快，年轻人喝一碗腊八粥干活有力量。感冒发烧了喝一碗腊八粥，出出汗感冒就好了。"

　　熬腊八粥看似简单，但同样的豆子、同样的米、同样的红枣和桂圆，同样的锅和同样的水，为什么我熬出来的腊八粥就寡淡无味，奶奶熬的腊八粥却香气四溢？其中又有什么"祖传秘方"？奶奶演示了一番。只见水烧开后，奶奶将淘好的大米、小米、豇豆、糯米、花生、大枣和桂圆倒入锅中，改成小火，然后用勺子朝一个方向轻轻搅动。其间，还要小心翼翼地撇去浮沫，使腊八粥的质地更加纯粹。就这样，慢慢熬制近两个小时。奶奶坐在灶台前，不停地搅拌腊八粥。在这个过程中，米粒和水渐渐地融合，浑然一体，呈现出厚重的红琥珀色泽，香气也从小厨房里慢慢弥漫开来。那一刻，奶奶略显驼背的身影定格在了热气腾腾的小厨房里。

而联想到自己每次熬腊八粥，盖上锅盖就忙别的事情去了，只是偶尔匆忙看几眼，感觉米快熟了就关火，粥里自然多了"半生不熟"的味道。还有一次看着电视连续剧好看，竟然入迷了，等到想起来煤气炉子上熬的腊八粥时，锅和粥都被一起烧煳了。

于是接下来的一个星期天，我也学着奶奶的样子，一丝不苟地搅动着热气腾腾的一大锅粥，一刻不停。虽然胳膊摇酸了，但想到定格在小厨房里奶奶那略显驼背的身影，我一直站在灶台前，直到收获了一锅香甜浓郁的腊八粥。原来，想要熬一锅浓稠飘香的腊八粥并没有什么捷径，所谓的祖传秘方就是用心、用爱、用感情。

我从小就期盼吃到奶奶做的饭菜，因为它能温暖我柔弱的肠胃。我从小体弱多病，小时候从来不敢吃辛辣、寒凉、生硬和难消化的食物。长大后，在城市生活多年的我，慢慢习惯了吃各种各样的美食。但是让人最不能忘怀的还是奶奶熬的腊八粥，在寒冬腊月里，那一碗软糯香甜的腊八粥最能让我满足与心安。

我也终于明白了，无论生命中有多少波澜壮阔，我们最迷恋的，始终还是包裹在烟火人世间里的那些平凡琐碎的温暖和感动。在漫长的岁月中，奶奶用她的深情和爱意赋予了这一碗腊八粥的灵魂与爱，抚慰着孩子们的心灵，让她的孩子们在寒凉的冬天，喝下每一口奶奶熬的腊八粥都感到温暖。

菜地"三八线"

我家的院子很大，光菜地就有一大块，一开始家人喜欢在这里种蔬菜，虽说每天可以吃到绿色的纯天然蔬菜，却总是看不到动物的生机勃勃，我不开心。

于是我想办法在网上淘了两个鸡笼和两个兔笼，在地头的小草房前架了起来，接下来，菜地规矩起来了。

儿子说，小草房后的地都空出来了，那就给奶奶种点草莓吧，毕竟这里土地也肥沃。我同意了，可始终觉得缺了点什么。

清晨的阳光是大自然馈赠给人间最珍贵的礼物，我怎么好意思浪费呢？我多想养几只鸡，养两只小白兔，每天看着它们快乐成长。

那这个菜地要怎么划分呢？儿子指着鸡笼和兔笼说："那一块菜地属于妈妈，养小动物就够了，中间这一块扎上篱笆给小动物当操场，靠南头这块地最宽阔，给爷爷奶奶种青菜。"

可是如果我在菜园里养鸡和兔子，鸡和兔子肯定会跑来吃蔬菜，多少会毁坏菜园子，怎么解决这个问题呢？

儿子灵机一动，把动物操场篱笆外面再多加固一层围挡，刚好一分为二立在菜园、动物园操场和草房子的"三八线"上。接着他得意地说："这下好了，以后你就用青菜喂鸡，鸡吃饱了下蛋，我奶奶最爱吃鸡蛋，你最爱养鸡，爷爷最爱种菜，谁也妨碍不到谁，没有任何冲突。"

　　第二天，阳光如约而至，我切碎了青菜，提着鸡饲料、清水，食槽都搬过来，摆放在小动物园里，鸡和兔子撒着欢地奔跑。这边，喂养的，那边，种菜的、拔草的……一派和谐美好。

中秋佳节月是故乡明

又是一年中秋佳节。这些年来，不管行走在天南，还是海北，无论在哪里过中秋，难以忘怀的还是儿时的中秋节！

小时候我在农村长大，生活在鲁西平原地区的一个村庄里，这里四面八方都是粮田，前村后村路旁都长着白杨树。常常听到白杨树叶沙沙作响，喜鹊放声歌唱，闻到粮田的阵阵麦香。

一到秋天，秋高气爽，彩霞满天，云朵像棉花堆一样雪白圆润，一堆堆、一朵朵地悬挂在朗朗的天际，或轻柔变幻，或静止如山，如诗画一般，让人百看不厌，心便随之遐想。大地则呈现出一派丰收的景象。玉米已经收起，棉花还在一茬一茬地吐絮，小麦刚刚种在肥沃的玉米空地里，尽享阳光普照，生根发芽。

房前屋后的苹果树上，挂满了红红的、黄黄的苹果，充盈着丰收喜庆的味道。房角门窗前，挂着密密麻麻的草绳，将一个个红彤彤的辣椒点缀其间，挂满了秋天的味道。那些还没来得及收割的谷穗，仍沉甸甸地弯着腰，低着头，谷穗已熟透，有几只麻雀飞来飞去落在低垂的谷穗上，摆出各种造型，叽叽喳喳叫个不停，吸引了许多不知名的鸟儿，扑棱着五彩斑斓的翅膀，星罗棋布地在谷田里飞舞。大片大片的谷穗，在这个季节，已经变得金黄，秋风落叶，谷粒归仓。间忽有几只彩色的鸟儿从谷田飞出，展开翅膀，掠过谷田，一阵阵歌唱诉说着无限留恋，一圈又一圈地在上空盘旋。秋天，万物成熟于田间地头。中秋佳节，百姓步入耕耘后的收获。

那时，乡下的中秋节，远比现在丰盈和富足。尽管那些年月生活捉襟见肘，然而传统的中秋佳节还是相当隆重的，气氛也随着时间的临近而日益浓厚。

各家提前备好中秋食材，水煮花生、水煮毛豆，大红的苹果、熟透的香梨，还要蒸一大锅好吃的红薯叶子。有条件的家庭，会宰一只老母鸡，两个大鸡腿按老规矩送给爷爷奶奶，剩下的孩子们一起分享，常常是老大分个鸡头，老二分个鸡爪，老三分个鸡屁股，还有老四，老五和老六，实在不够分也不要紧，可以拿大瓷碗喝鸡汤……虽然是八月十五一家人应该分吃月饼，但是经济困难，父母实在舍不得买，在没有月饼的中秋节里，能喝上一碗鸡汤，已经是十分奢侈的节日。

虽然说吃不起月饼，但是房前屋后有果树，地里有毛豆与花生，自己动手，丰衣足食，仍是其乐融融。十里八村的乡亲地边挨着地边，常常是干着农活聊着家常，东家长西家短，话题聊多了，便知道谁家有几个大小伙子，谁家又有几个勤快能干的大姑娘。信息一旦确定，男方父母会东拼西凑地请媒人下聘礼，成就了一段美好的姻缘。让中秋更加喜庆而圆满。

在我们老家，中秋佳节前后订婚结婚的特别多，大家图个圆满，也图个有食就能果腹。东邻居到西村去相亲，虽然男方家徒四壁，但是媒人看到了小伙子刚刚秋收到床下的一堆大南瓜。回来就给女方父母炫耀说："结婚的东西可以借，但这一堆南瓜，我敢保证让你闺女进门不挨饿。"女方父母听了媒人的话很认同，于是，在这丰收的日子里，一堆南瓜就成就了一桩婚事。

在中秋佳节这天，年龄小的孩子们帮不上什么大忙，左邻右舍有喜事的就去讨一块喜糖，没有喜糖可以讨，就去多抱一些木柴放厨房里备用，尽量干一些力所能及的事情。太阳还未落山，就早早地拖着大扫把，将院子里里外外打扫得干干净净。还用小水桶将水泼洒均匀，让风吹过也刮不起尘土。做完这些，不时地往村头张望，盼着父母早点回家，而作为中秋节的主角——月饼，总是不确定地登场。往年都是父母给爷爷奶奶送四个月饼，而奶奶爱子心切会拿出一个让母亲带回来。当然也有带不回来的时候，因为奶奶家还有四个姑姑也在等着八月十五的月饼。

当父母空手而归的时候，我和弟弟妹妹们会很失望。母亲也很内疚，她会悄悄地拿出来一个大苹果，放在小院中央赏月的餐桌上。母亲说："大家吃完饭了，我们分苹果，中秋节是万家团圆的节日，虽然月饼是圆的，代表团圆的寓意，但是苹果也是圆的，我们一人分吃一瓣苹果，也代表着团团圆圆，也过一个圆满的中秋佳节。"母亲把大红苹果切成若干份，家人一边望着头顶上的明月，一边聊着家常，吃着毛豆、花生还有苹果，那份满足，在皎洁的月光下，浸润在内心深处……

教师节礼赞

　　九月是一个收获的季节，也是一个感恩的季节，在九月十号这一天，我们迎来了一个特别的节日——教师节。这是一个充满敬意和感恩的节日，是全社会对那些勤勤恳恳耕耘在教育田野上的园丁们致以最高敬意的时刻。

　　教师是知识的播种者，他们用智慧的种子，播撒在孩子们的心田，期待着有一天能够发芽、开花和结果。他们不辞辛苦，日复一日，年复一年，用耐心和爱心浇灌着每一颗渴望知识的心。在他们的悉心培育下，我们学会了推敲与思考，学会了探索与研究，学会了在复杂的世界里找到自己的定位。

　　我爷爷不是老师，却对老师十分敬佩。我爷爷没上过学，却对上学的渴望十分强烈，在重男轻女的时代，爷爷不顾别人的反对，硬是省吃俭用地把三个小女儿送进学堂里念书，学习文化。爷爷常说："只要心中有梦，脚下就有路，只要坚持努力总有一天梦想会成真。"

　　爷爷为了孩子们的教育付出了毕生的心血，家里孩子们受爷爷的引导，长大之后大多数都走上了教师的岗位。不仅姑姑们是教师，就连姑姑的孩子们也是教师。让我最感动的是教师家庭的好传统一直在延续，直到今天，姑姑虽然退休了，可是姑姑家的孙子孙女也在教书育人。

多年之前，因为多年站在讲台上上课，四姑双腿严重静脉曲张，手术多次才能再次站立。姑姑说："当老师必然辛苦，可是每当看到孩子们在学习上的进步，付出再多也值得。"因为她是一名人民教师，她用毕生努力去培育、去塑造、去点燃，不求回报，只为看到孩子们的成长和成功。

姑姑的大儿子也在学校教书且担任班主任多年，因长期熬夜批改作业而得了慢性疾病，至今带病坚持给孩子们讲课。我常常为此而感动，曾多次告诉自己的孩子，让他们一定要记住，每一位教师都是我们生命里的光，他们用自己的光和热，照亮我们的道路，温暖我们的心灵。在这感恩的季节里，用行动回报他们的付出，用成绩去证明他们的努力，用成长去延续他们的梦想。

教师节，是一首无言的诗，更是一幅无声的画。在这个特别的日子里，让我们向所有的教师致以最崇高的敬意，愿他们的守望永远充满希望，愿他们桃李满天下。

今天是教师节，愿每一位教师都健康幸福。愿每一位教师都能在这个节日里，感受到来自学生和社会的温暖和尊重。

寻找春天姐姐

"小燕子穿花衣,年年春天来这里。我问燕子你为啥来?燕子说,这里的春天最美丽。"听着甜美的童谣,我们出门踏青。

二月春风似剪刀,春风在不经意间吹出了柳芽,吹开了桃花,吹落了杏花,吹绿了草地,也吹青了麦苗。

我问麦芽:"你看见春大姐姐来踏青了吗?"麦芽说:"我没看见,但我看到一阵春风吹过之后就呈现出了千树万树梨花开的景象。我还看到春风吹来了美丽的蝴蝶和蜜蜂,还有蹦蹦跳跳的小兔子,又吹来了农民伯伯在除草。"这是真的吗?

我又问农民伯伯:"您看到春天姐姐了吗?"农民伯伯回答道:"我没看见,我只看到家里人在收起棉衣、穿单衣,孙女还找出了漂亮的小花裙。"听完农民伯伯的话,我更加怀疑自己。

我又问房檐下的大水缸:"你看到春天姐姐了吗?"大水缸说:"我没看见,但我看见房檐下飞来的小燕子在筑巢,我的大缸冰面已融化。"看样子大家都感觉到了春天的温暖。我怎么就没看到啊!

我又问小兔子，是否看到了春天姐姐。小兔子对我说："我没看见，可是我吃到了越来越多的青草，我还吃到了新鲜的春笋。"

听了它们的话，我不再迷茫。突然我懂得了，虽然春天姐姐来去匆匆，但是那些桃花、杏花、梨花、迎春花都经过了春风姐姐的洗礼，它们很满意春风姐姐的来去匆匆，正是经过春风的繁忙才吹来了温暖的天气，让万物复苏，让冬眠的动物苏醒。

看到春天，看到希望

在冰天雪地里，在大雪封山里，在漫天雪花飞舞的日子里，怕冷的奶奶渴望着、盼望着春天的到来，春天在奶奶的盼望中，像松鼠偷偷埋在地下的种子，悄无声息地冒出一点点芽儿。

要不是看到中午短暂的暖阳，垂柳冒出的嫩芽，和河中可爱的一群鸭子在游泳，还以为你离得很远呢。可是你还是在冬的层层包围中跳了出来，就像奶奶说的："只要是在打春的那一天那一刻，爷爷深埋地下的竹筒上放置的小羽毛，都会顺着地气的生发自然而然地飘起来。"尽管冬天还没完全退场，还在发挥倒春寒的威力，但是谁也挡不住春天的脚步。

渐渐地，雪变成了小雨，预示着寒冬渐渐退场。万物复苏的春天登上了舞台。"好雨知时节，当春乃发生。随风潜入夜，润物细无声。"最先崭露头角的是河边的垂柳，它们决绝地把冬天抛在了身后，向世人施展你的魅力。接着是杏花开了，桃花开了，梨花开了，海棠花也开了；庄稼地里的油菜花开了，荠菜花也赶来凑热闹，小草开始发芽了，榆钱也渐渐长大了。这个时候，冬天只能远远地站在你身后，望着你的背影叹息。

孩子们很喜欢你。"草长莺飞二月天，拂堤杨柳醉春烟。儿童散学归来早，忙趁东风放纸鸢。"他们兴高采烈地跑到学校操场上放风筝，在风筝慢慢上升，拉着风筝快跑时，心中充满了欢乐。蓝蓝的天空上突然多了几只蜻蜓、燕子自由飞舞。天色渐暗，风慢慢小了，风筝落下来，孩子们也玩够了，抱上风筝回家了。

也许你感叹生命太短暂，风筝飞得再高也会飘落，人的情绪再高也会低落，就像杜牧的一首诗一样："清明时节雨纷纷，路上行人欲断魂。借问酒家何处有，牧童遥指杏花村。"虽然春雨贵如油，它能滋润大地的万物生长，但是连绵不断的雨天也会让人惆怅。几天不出门，你会突然发现麦苗长高了，树叶长大了，连地里坟头上都长出了小草。清明节的日子里，子孙们会清除掉坟头上的杂草，以示对祖先的敬重。

奶奶说："大自然的力量是无人能敌的，就像每个人生命的轮回，这都要有祖先千年的福修，万年的德养。我们才能站在今天的大地上，享受着这用黄金都买不到的春天。"春天就像松鼠埋下的一粒种子，要有阳光、雨露和沐浴过的风，才能开花结果延续下去一年又一年的生命。

"轻轻地你走了，正如你轻轻地来，你挥一挥衣袖，不带走一片云彩。"我相信你不会走远，你一定躲在某个角落里偷偷地看着你的孩子们成长。如果到了秋天，看着你的孩子们都硕果累累，我想你的心里一定会感到无比欣慰。

在我小时候奶奶常说冬天最难熬，因为有多年哮喘病的奶奶最怕冬天，奶奶说立春的那一天她的哮喘病会好很多，奶奶总说：看到春天，就看到了希望。

秋水慢慢

秋水慢慢流淌，我踱步于落满银杏叶的小河边，目光痴痴地落在那一泓澄澈的秋水之上。河水的颜色是浅绿色的，像一块翡翠，阳光照在河面上，波光粼粼。

秋水在一排排的银杏树旁慢慢地流淌，似有无尽的思绪在翻涌，宛如岁月在耳畔轻声细语，悠悠地诉说着人间的喜怒哀乐。秋风轻轻地拂过，金黄色的银杏叶如仙女散花一般随风飘落在秋水之中。然而，欢聚总是短暂的，别离才是自然规律。这秋水有时平静如镜，有时又波澜起伏，正像人生的起起落落。

奶奶常说："你爷爷轻轻地摔了一下就走了，没有受一点儿苦，在大多数受尽病痛折磨的同龄人之中，你爷爷才是最幸福的人。"曾经相伴左右的人啊，早已天各一方，那份深深的思念与牵挂，犹如这深沉的秋水，静默而漫长。

我慢慢蹲下身子，小心翼翼地伸手触摸这清凉的秋水。它带着漂浮的落叶从我指尖匆匆划过，那丝丝凉意，恰似离别的哀愁。水中倒映着天空中慢慢飘过的白云，那云朵飘忽不定，就像人生中那些转瞬即逝的机遇和缘分。秋水如明镜，映照着世间的一切。

夕阳渐渐西沉，给河水染上了橘红的颜色，波光粼粼中透着一抹凄凉。"八月长江万里晴，千帆一道带风轻。尽日不分天水色，洞庭南是岳阳城。"这醉人的景色，既让人心醉，又让人心疼。心醉于河水倒映的一池美景，心疼于美好的时光总是如此的短暂。

远处，羊群正在啃食河边的青草，牧羊人悠扬的歌声在水面上飘荡，慢慢地流淌过我的心田，恍惚间我看到儿时在小河边的模样。故乡永远是我心灵的归宿和思念的港湾。

秋水平静时，仿若一面镜子，清晰地映照出我内心的孤独和落寞；秋水流淌时，又恰似我缓慢的思绪，满怀着对生活的期待与憧憬。

"花自飘零水自流。一种相思，两处闲愁。"我的忧愁、我的思念，皆融入了这慢慢流淌的秋水之中，流向下一个村庄的田间地头。或许在某个不为人知的角落，它们寻得栖息之所，正如这秋水终究会慢慢汇入浩渺的江海。

在这慢慢流淌的小河边，我甘愿将心中的万般情感倾诉。愿秋水带走我的哀愁，留下一份开心与平静。我深知，人生的喜怒哀乐正如这秋水慢慢地漂流，是自然的规律，也是人生的旋律。而我，在这旋律中，将坚定前行。

落叶知秋

听，风是柔的；看，云是淡的；望，天是蓝的，又到了令人心醉的秋天。我和姐姐走在泉城公园的林荫小道上，三三两两的银杏树叶不时飘落，积成一片金色的海洋。

奶奶以前常说："一叶落便知天下秋。"落叶是秋天的诗，带来了秋的气息，秋的美妙，还有秋的思念。我和姐姐弯腰拾起几片落叶，放在手上共同端详，顿觉一股清凉，秋来了。"岐王宅里寻常见，崔九堂前几度闻。正是江南好风景，落花时节又逢君。"唐代诗人杜甫的这首诗，不禁让我感受到，秋风萧瑟时，万物都换了面貌，五彩缤纷的秋叶，让我和坐在公园长椅上的姐姐十分陶醉。

独喜欢秋天的我，更珍爱这一年当中最让人舒适的季节。我拿起手机，捕捉姐姐在金黄色的银杏树下最美的瞬间，变换一个角度，又将她和红色的枫树叶留在了美好的画面里。

此时，姐姐一边欣赏美景一边讲："在泉城公园里有一个园林局的周三读书会。"于是，我和姐姐约好下次在周三读书会的课堂相见。听一听老红军讲的不怕远征难，听一听老英雄讲的淮南之战的故事。我常常听得入迷而感动，听老前辈的革命故事，比听其他任何故事都好听，因为没有他们的勇于牺牲奉献，就没有我们今天的安定和幸福。

姐姐说："在秋天里听革命故事，会让你热血沸腾，会让你心潮澎湃，会让你心中想着扛起枪上前线，看看紧握拳头手心里的热汗，会让你忘记现在就是秋天，虽然是在深秋里，心中却没有一丝凉意。"

这就是我们的历史，我们的国家，我们的优秀共产党员们，我们都要保家卫国，我们都要有为国捐躯的精神。我们要像这秋天一样保护着我们的家园，保护着我们的土地。

是啊，姐姐说：当你心中填满了爱国精神，你就会忘记了秋天的凉意和冬天的寒冷。

我告诉姐姐："虽然我已经快五十岁了，早超出了参军入伍的年龄，但是，我可以去做一个园林局的环卫工人，这样我就可以每周三来听革命故事，更能为老前辈们倒一杯热茶，擦一擦桌子，扫一扫门口的落叶。"只有在这一刻，我才能感觉到，整个秋天都是为我们的，我们就是整个秋天。

那千树万树的红叶，愈到深秋愈加红艳，远远望去，就像红旗在飘扬。

看，那银杏树的落叶，一片，两片，三四片，轻悠悠地飘落在泉水池的水面上，像无数只的小船，顺着秋风吹过慢慢移动。

泉城公园的树与叶还在绵绵不断地诉说着往日的历史，跳广场舞的大妈们则在这幸福的夜晚放着欢快的音乐。

姐姐无限惆怅地说："在我看来，在快速发展的今天，人们也应该做做减法，春夏秋冬，时间轮回，没必要不舍，更无须忧伤。虽然秋天即将落幕，初冬快要登场，但生命的过程还在延续，人们的革命精神依然在这深秋里永存。"

　　清秋有梦，落叶知秋。秋叶，染红了岁月，美丽了秋天，在这如诗如画的泉城公园里，总有一片落叶，丰盈了秋的诗情画意，陶醉了我和姐姐的心田。

森林公园的秋天

早年的我，并不太喜欢秋天。

那时的自己，更喜欢春天的桃花、夏天的荷叶，总觉得在美好的时光中，映入眼帘的是绚烂夺目的色彩，在鼻尖上浮动的是微风吹来的阵阵花香，在耳畔回响的是清脆的鸟鸣。如此美丽的母亲河森林公园，方不辜负黄河北岸的大好时光，也才足够精彩。

可是后来，我被岁月渐渐染白了头发，也慢慢地懂得了秋天的含义。

树枝发芽了，树叶也绿了，渐渐地又变黄了，最后零落于树下的草地上，随即尘归尘，土归土，落叶知秋。在以前看来，这样的秋天，总是带着伤感的味道。可如今，却更多的是从这样的大自然轮回中，体会到对大自然生命的敬畏与圆满。由繁华归于安静，由绚烂归于淡定，经历了春夏，走过了秋冬，这不就是每个生命必然经历的过程吗？

谁的生命，不是在这样的轮回中，走向圆满与收获？

青葱的岁月是春天，激情的岁月是夏季，让人寻找阳光，催人奋发向上。在那些匆匆忙忙的时光里，有温暖，有激励，有豪情万丈，也有刻骨铭心。可不管如何,在这春天的黄河森林公园里,我们是无法找寻到秋天的果实。

人生的激情勃发,犹如春夏的绚烂多彩,总要经历秋天的沉淀后,才能将春夏的积蓄,都转化成果实。这个过程,看似平淡,却是人生的沉淀。没有好高骛远,也没有嚣张跋扈,但安然中蕴含着淡定,那不是失望,而是在寻找诗和远方中的希望,渴望春天的花朵能在梦想成真中变成秋天的硕果累累。

这样的秋天,又怎会悲伤?

没有了春的繁华、夏的苍翠,秋天会变得平淡而简单。但若细细品味,便能触摸到秋天那看似平淡无奇,却呈现出热火朝天的气息。平淡的背后,是经历春夏的沉淀,是为了厚积薄发,储存着力量,只待时机成熟,便喷涌而出,它是一颗幼苗的种子,也是一个新生命的轮回。

住在老家的奶奶常说:"愿意给爷爷做一辈子的饭菜,愿意给爷爷洗一辈子的衣服,愿意给爷爷端一辈子的茶水,愿意给爷爷当一辈子的牛马。"奶奶说话的口气很安详,没有一点儿悲伤。奶奶又说:"这是爷爷的福气,也是她自己一辈子的幸福。"我觉得奶奶的一生不仅像这条黄河一样伟大,更像这母亲河森林公园的秋天一样,她用她一生的智慧收获着秋天的硕果累累。

秋露如雨润

童年的秋天，我常常跟随奶奶去地里摘绿豆角。田野里雾蒙蒙的如仙境一般，露水温柔地依偎在花瓣与叶片上。豆秧深处，露水无声无息地润泽着绿豆角，仿佛在为这成熟的果实庆祝与护佑。

轻轻地触碰，露水便沿着绿豆角叶涓涓地往下流，形成一串亮晶晶的珍珠。即便被豆叶刺破，生成晶莹剔透的像宝石一样的水滴，它也会用清澈的眼眸深情地俯视着大地，护佑着这个五彩缤纷的世界。晨曦映照在露珠上，闪耀着彩虹般的光芒，为秋天增添了无限美好。

采摘绿豆角时，浸湿裤脚和衣袖是常有的事。奶奶却一点儿也不在意，她只管摘下绿豆角放入竹篮中，赶在晌午之前回到家里，晾晒在庭院中央，晒干后脱粒。有了露水的洗礼，使得即将开裂的绿豆角也失去了爆炸的小脾气，被奶奶干瘦的大手紧握，轻轻一摘，便进了竹篮里。

我有点望而却步，裤子与鞋袜被露水打湿后会刺骨般的冰凉，受凉时间久了还会感冒发烧，我开始讨厌这些数不清的露珠。然而，与土地打了一辈子交道的奶奶却对露水充满感激不尽的情意。奶奶告诉我，露水能滋养土壤，能为农作物提供必要的水分。尤其是在酷暑难耐的夏天，绿豆角的壮苗会在火热的太阳下消耗大量的水分，导致绿豆角苗蔫头耷脑，到了夜间，由于露水的滋润，农作物得以"解渴"，从而恢复生长，因此，露珠对农作物的生长是必不可少的高级营养液。

左边农田里，婶子也在摘绿豆角，她不仅被露水湿透了衣袖与鞋袜，连她长长的发辫也沾满了露珠。她欣喜地提着满满一大竹篮绿豆角，跟奶奶打了个招呼，便开开心心地回家了。

奶奶说，农民能够巧妙地利用露珠的优势，加强田间的种植，确保庄稼年年都有好收成。奶奶会在夕阳西下时带着我在地里种白菜苗、葱苗、萝卜苗……因为傍晚的时候移栽菜苗，会减少菜苗被太阳暴晒的时间，也会提升幼苗的成活率。奶奶常说："天时地利缺一不可，等菜苗种完了，天也黑了。"在这夜晚，露水开始发挥作用，露珠是菜苗成长的及时雨。露水能滋养万物复苏，更能让秋收充满希望。

夕阳慢慢落幕时，秋风送来了阵阵清凉，露珠悄悄地落满了菜叶。奶奶说："正好菜苗在天黑之前种完了，走，回家，奶奶给你烤地瓜吃。"走在回家的路上，奶奶唱着属于她的童谣："秋天的地瓜最香甜，秋天的露水如雨润。"

月照小清河

济南的小清河，是一条宽宽的小河，大概有50米的宽度。位于华山的旁边，自古以来就叫小清河。河里偶尔有船划过，有成群结队的大野鸭和小野鸭，经常有两只海鸥与数只不知名的水鸟，还有鱼儿和青蛙。当夜幕降临，一切隐藏在黑暗里，唯有青蛙的鸣叫此起彼伏，为浓黑的夜平添了生气。

我们从店里下班出来，去往小清河边散步，总感觉是往一处公园里走，那是比公园还大的观光河岸。每天，有唱歌的、跳舞的、慢跑的，从我们身边川流而过。他们的节奏迟缓，似乎每个人都能跟得上队伍，我真想加入他们慢跑的队伍，陪着大部队一起走。

小清河两岸有两排路灯，每时每刻都在为行人带来光明，方便大家锻炼身体。夜色渐深，出来散步的人，说散也就散去了。遛狗的主人出来得最晚，他们成了小清河的守护者。

月亮慢慢升上来了。它在华山的侧面休息了一会儿，突然就跃上空中。黑暗如白昼一般明亮了，河岸边的垂柳倒映在水里，美极了，如诗如画，似人间仙境。

正是中秋佳节，那一轮明月高高地挂在天上，像玉盘，也像琥珀，散发着白玉一般的光泽。看着看着，忽然感觉它有一种神奇的磁场，能将整个世界轻轻地吸附并包容住，含成一块古老的玉石。连同河岸上的石榴树、小清河向东去的滔滔水流，都在其中封存。我们被无处不在的月光包围，似乎是嫦娥在月亮上挥洒衣袖留下的梦境。

月照小清河，年年轮回，如同一种靠得住的爱，是慰藉，是温暖。

二十多年前，我家先生开修车铺，来到这熙熙攘攘的小清河边，顺风顺水，租下了门头房，挂上了"胖子汽修"的牌子，小清河旁边，就有了一处技术超群的汽修店。店里面修车，店门外种花、种草、种树，养小白兔。店对面就是小清河的花、草、树木，还有河岸上那满树的大石榴，红红的，圆圆的，很是好看。

店在小清河岸边，小清河对于我便有了一种特殊的含义。因为北园汽配城拆迁才搬到这里，也因为我家先生修车多年老客户太多，搬太远了，客户修车不方便，所以只能选择在这里，这里离老客户最近，修车救援都方便。闲暇时间，还可以去小清河边看一看美丽的风景。

八月，月照小清河是最美的时候。我一次次地看它，却看不够，如玉盘一样完美，如月饼一样丰满，如大石榴一样圆。月照小清河，照着河岸上的石榴树，照着花草和垂柳，照着下晚班的人们。

那样宏大的宇宙感，是我所吟咏不出的。我一个穿着工作服满身都是机油味的女人，只感觉，月照小清河不是单纯的风景，它有很深的情义。已过中年，我常常会拿着抽油机换机油保养，拿着风炮装卸修补轮胎，拿起扳手拆装螺丝。穿工装就是我最好的包装，理短头发才是我真实的模样，不洗脸，不抹大宝霜，双手满是乌黑的机油，学着先生，把沾满机油的手上套个方便袋再拿起馒头吃。从早上一开门，就是这辆车要换机油保养，那辆车要换刹车片……忙得晕头转向。

真忙起来，有时候会忘记吃饭，忘记喝水，如果忙到天黑也会忘记看一眼天上的月亮。

我曾见过河水里漂浮的月亮，它是怕鱼儿找不到回家的路，是怕小野鸭找不到妈妈，是怕青蛙找不到他的好朋友，月亮是温暖的也是善良的，所以青蛙夜夜都会为它歌唱。

照亮小清河的月光，才是我的月亮。它目睹了我的辛苦，看到了我的坚强，看着我努力生活，从不问我努力的结果。我只信奉世上人人都辛苦，努力的人不只是我一个，我只需要把自己的事情做好，就像天上的月亮，每天无怨无悔地照耀着大地。

我深爱那一轮能与我深深对视的小清河岸边的月亮。

秋光下的大明湖

早餐后的阳光，暖暖地照在大明湖的水面上。它穿过水面，越过水草，在湖水里投下耀眼夺目的光斑，跟随着水中的鱼儿，随波荡漾。空气中弥漫着淡淡的桂花香气，混杂着湖边生长的植物气息，一切沐浴在一派暖洋洋的祥和之中。我和姐姐推着轮椅，走在湖边陪老太太散步，任凭这秋日暖阳洒满全身，思绪也如同这光影般，变得悠长而温暖。

不知何时，耳畔响起一阵细碎的"沙沙"声。那是风，是秋风，它轻轻地拂过湖岸边的垂柳，撩拨着远处那棵银杏树枝头上的一片片金黄。几片银杏树叶，在风中摇曳着，像是在轻歌曼舞，最终依依不舍地离开了枝头，盘旋，飘落，最终停歇在草地上。那"沙沙"声，仿佛像得了阿尔茨海默病的老人一样在自言自语，断断续续诉说她年轻时的辉煌，诉说人生中的喜悦，也诉说着前言不搭后语的妄言，如同那飘落的树叶，金灿灿的却再也回不去了枝头。

湖边草地上，几个孩子在落叶堆里追逐嬉戏，金色的落叶被他们抛洒在空中，又纷纷扬扬地落下，像是下了一场金色的秋雨。他们的笑声，格外清脆，格外动人。让我想起自己的童年，也是一个无忧无虑、充满欢声笑语的金色时光。远处，传来几声悦耳的鸟鸣，婉转悠扬，像是在吹奏一首动听的秋日恋歌。循声望去，两只喜鹊正在枝头翩姗起舞，黑色的羽毛在阳光下闪着光泽，腹部像雪一样的洁白。跳舞跳累了，便停在枝头，似乎在等待着观看评分，又似乎在静静地欣赏着这秋日的美景。

一只小白猫不知从哪里钻出来，懒洋洋地趴在岩石上，眯着眼睛，享受着湖边清闲的时光。有两个推着婴儿车的年轻人带孩子出来游玩，围着猫儿赞赏一番它的干净与美丽，白猫萌萌地伸个懒腰，又闭上眼睛，继续享受着这秋天里的宁静与美好。那慵懒的姿态，仿佛在告诉我们，要学会放慢脚步，感受这大明湖畔的美好。

一股清凉的秋风吹来，我和姐姐推着轮椅往家走，空气中弥漫着淡淡的花香和泥土的气息，让人身心舒畅。两位老人坐在湖边的长椅上，谈论着大明湖的典故，时而轻言轻语，时而高谈阔论，沉浸在自己的世界里。她们身旁的小推车上露出新鲜青菜，满载着日子的惬意。

不远处，一位年轻的残疾人摇摇晃晃地在湖边散步，他好像在含糊不清地背诵着古人的诗词。脸上洋溢着仿佛是刚刚获奖归来一般的幸福笑容。为这静谧的秋天又增添了一份无形的力量。

近中午的阳光，依然温暖，它有点像大明湖的水温，永远都是18度，无论春夏还是秋冬。因此大明湖没有水蛇，因为它常年都在18度的水里无法冬眠。所以大明湖里也没有青蛙的叫声，因为常年18度的水温太舒适了，导致所有的青蛙都躺平了，它们躺平习惯了，也不想结婚生子了。因此每到春天，大明湖的工作人员都会强行把湖里面的青蛙一个个用网兜出来，放在自然水温的美丽湖去繁育。望着湖面，心中充满了对大自然的敬畏。秋天的阳光，虽不如夏日的骄阳似火，却有着一种独特的温柔，它像一位慈祥的老人，静静地守护着我们，带给我们温暖与希望。

在秋光下的大明湖边，我们学会放慢脚步，感受自然，聆听内心，寻找属于自己的那份宁静与美好。

冬天的月亮

不知为什么，我总是喜欢冬天的月亮，她像一个温柔贤淑的女子，迈着轻盈的步子姗姗而来，带着一份温暖，带着一份光亮，行走在夜空中，与星星遥相呼应，与白云擦肩而过。

孩子们最爱冬天的月亮。大人们喂着牛羊拌着草料，也顾不上管他们了，他们三五成群结队地玩起游戏来。丢手绢、丢沙包、踢毽子、捉迷藏，孩子们跑多快，影子也跟着跑多快；孩子们丢沙包，影子也跟着丢沙包；孩子们踢毽子，影子也跟着踢毽子。孩子们走，月亮也紧紧地跟着他们，照亮孩子们回家的路，静静地护送每一个孩子平安到家。

有时候，傍晚时分村里会来两个放映员，在村街中央有树的地方，像拉横幅一样，高高地拉起一块长方形放映幕布。全村的人都会带着小板凳坐在幕布下观影。月亮不知何时绕过树梢，悄悄地爬过房顶，偷偷摸摸地来看两眼。放映的声音很大，震耳欲聋，大人孩子的吵闹声有时也乱哄哄的，或对主角的武功赞不绝口，或对痛打敌人的片段鼓掌叫好。月亮不急也不躁，静静地等待电影结束，为大家照亮回家的路。

雨后初晴的夜晚大家很少出门，只留下月亮和雪光在农田里对望。月亮应该也是有温度的，不错，因为在月亮温柔的亮光下，雪在慢慢地融化，看到返青的麦苗你就会知道，麦苗已经悄无声息地喝下了充足的雪水。大概是月亮知道麦苗只有喝了足够多的雪水，营养才能够丰富，也只有这样，老百姓们盼望的"瑞雪兆丰年"才会梦想成真。

我喜欢冬天睡在靠窗户的地方看月亮，我看月亮的时候月亮也在看我，然后我迷迷糊糊地睡着了，梦到自己变成了嫦娥飞向了月亮。

从"看不见"到"一条若隐若现的小月牙"，再到变成弯弯镰刀，再变成半个烧饼形状，一直到十五圆满完成以后再一点点地变回来，月亮不断地经历着阴晴圆缺，就像世人经历的悲欢离合。

月亮从冬天慢慢走到了春天，即便是乍暖还寒，月亮也会如期出现，在冰冷的夜里为田间撒下一点点温暖，为期待春天的人们带来无限的希望。

济南的暖冬

凌晨两点，被老公的修车救援电话吵醒，"程师傅，麻烦您，我的小轿车撞到前面的大货车上了，昨晚下的雨夹雪，被风一吹结冰了，我踩刹车没踩住。我的车辆损失很严重。"我和老公急匆匆起床，冒着寒风前去救援。

记忆里，每年济南的冬天都不会太冷，只有在偶发天气，寒风突然侵袭，降温降雪才会导致交通事故频发。因路面结冰，我们的救援车辆也不敢开得太快，老公一路小心翼翼地开车，终于到达事故现场。他检查车辆伤损情况，大车只有后杠掉点漆，变形并不明显。小轿车前脸已面目全非。大货车急着送货，等交警拍完照就开走了，小轿车被老公用拖车拖回厂里维修。

老公有早起的习惯，每天天不亮他就出门跑步去了，风雨无阻。老公干的是技术活，也是体力活，他常说，要把身体锻炼好，把车修好，才不会辜负老客户的信任。

跑步回来，老公便开始在汽修厂里忙碌起来。我除了给老公做好饭菜，还要在老公修车的时候搭把手，只要老公一声令下，我便熟练地把扳手、钳子、吸力棒、试电笔迅速地递到老公手中，他有了得心应手的工具，干起活更是飞快。车辆常常会有一些小毛病出现，有时候司机师傅刚抽完一支烟，车就被我老公给修好了。司机师傅很开心，夸赞我老公手艺好。

所以我们汽修厂口碑很好，只要打开大门，就是一天忙碌的开始。老公常说，累并开心着，因为有事做，就会有成就感，天寒地冻也冻不住手脚，心血沸腾之时总感觉冬天也是暖的，尤其是济南人都很直爽、热情，很多时候更感觉不到冬天的寒冷。

老公常常以"举手之劳"为理由，不收修车工时费。司机师傅心里过意不去，或送点水果，或送一条草鱼表示谢意。让我们感觉在济南生活是有温度的，即便是冬天也很温暖，很美好。

如今，两个孩子都大学毕业了，冬季的早晨和爸爸顶着寒风一起去上班，匆匆吃过早饭便忙碌起来。补轮胎的着急先补轮胎，换机油的着急先换机油，因为他们都是上班早高峰送孩子上学的车辆。补轮胎10分钟一辆，换机油15分钟一辆，换机油需要先卸下换油螺丝，趁车热把机油放干净，冬天发动机一熄火，机身很快就会凉了，必须趁车身温度较高时放油，才放得干净，这样保养的速度也会加快。换新发动机的一般会排在三天后提车，因为换新发动机对修车人来说是大工程，干起来比较烦琐。钣金喷漆的，也要三天后提车，因为冬季天气太冷，新漆面干的速度会比较慢。

冬季再冷，如果不去发挥你的特长做有益于别人的事情，你的生活就毫无价值，幸福往往是在于你让多少人受益。有许多人，他们原本有很好的初衷，但是因为怕风霜雪雨不敢尝试，最终丢失了改变命运的机会。还有很多人是不惧怕寒冬腊月天的，因为他们知道，冬天过后就是春天，只要你心里装着温暖，无论做什么工作，无论走到哪里都不会冷。

我会把济南的暖冬时时装在我心里。

黄河大桥上看夕阳

　　站在济南的黄河大桥上，感受着微风拂过，望着大桥下波光粼粼的水面，我心中涌起一股莫名的感动。我忽然想起来沈从文的一句话，"桥的那头是青丝，桥的这头是白发"，便不自觉地抬头看了看挂在空中的那一轮夕阳。

　　时光如水，桥上的车流和行人换了又换，黄河大桥依然静静地矗立，连通古今，讲述着济南城区北郊的故事。

　　据史料记载，济南黄河大桥位于历城区北郊，该桥于1978年破土动工，1982年建成通车。大桥由主桥和引桥组成，总长2023.44米，主桥长488米，有5个孔，其中最大跨径220米，是当时亚洲跨径最大的桥梁，在当时世界十大预应力混凝土斜拉桥中排行第8位。桥面分行车道和人行道两部分，是当时济南城北最长的大桥。

　　抚摸着人行道旁的栏杆，它还带着阳光的余温。此时此刻，夕阳是温柔的，她体贴地照耀着黄河大桥两岸的美景。近距离观察桥面，我仿佛走进了历史的长河，感受到了济南城北的乡土人情。它不仅是一座桥梁，更是一段历史的见证。这座桥聆听了无数人的脚步与故事。它像一位智者，洞悉人间百态。它连接着此岸与彼岸，也连接着过去与未来。无论风和日丽，还是狂风暴雨，它一直在这里，深情守护着这方水土。

粗壮的护栏、宏伟的桥身，重修后的大桥与蓝天白云、绿树繁华、青草沙滩与生态林等美景融为一体，成为济南城北一道亮丽的风景线。它见证了数十年济南城北的发展，更欣喜地见证着现在的祥和和国泰民丰。它成为通往成功与未来的便利捷径，更是寻找诗和远方的必经之路。

夕阳下，我捕捉着黄河大桥的光影变化、烟火气息与天然艺术，过去的美好与未来的希望，都在这里得到展现。每一张照片都记录着不同角度的美，让每一刻都成为永恒的记忆。这些照片，不仅仅是桥的定格，更是时光的印记。这是济南城给予我们的浪漫，这是黄河大桥赋予我们的情怀。它们不仅仅是建筑，更是城市夕阳与黄昏下最璀璨夺目的明珠，照亮我们心中那一抹对生活的热爱与渴望。夕阳西下，万籁俱寂，世界都消失在这夕阳的余晖之中，灯光洒在黄河大桥上，那或明或暗的线条，勾勒出独特的轮廓，渲染了这宁静、祥和的黄昏。我坐在临河的沙滩上，欣赏着低空飞行的鸟儿，聆听河水缓缓流淌，赞赏着大桥默默地承载着的梦想与希望。我们在黄河大桥上行走，体验着生活的起起落落，感受着时间的飞逝。每一次驻足停留，都是为了走更远的路；每一次回首观望，都是为了坚定地前行。烟火人间，希望总是在桥的那头等着你大步前往。

"你站在桥上看风景，看风景的人在楼上看你。"这"楼上"如"桥旁边"，这是一幅多么深情清晰的画面，这是一个多么深情浪漫的生态环境，而其所蕴含的人生哲理，却又是那么的充满智慧，也许山河与你我与共，你我皆是风景，人的际遇和缘分也许就在这黄河大桥的夕阳下。

不一样的二爷爷

老家有清明节上坟祭祖的风俗。在我小时候的印象中，清明节总是阴雨纷纷。祖辈过世时还没有公墓，坟都在黄土岗的田间地头上，上坟要走好远的羊肠小道，深一脚、浅一脚的，又湿又滑，老的、小的经常淋满了一身春雨。

我结婚后随先生去外地二十多年了，不经常回老家。今年趁着叔叔伯伯、堂兄弟姐妹一大家子一起上坟，我提出了心中的疑问："你们说，爷爷当年靠什么赚下那么大的三间青砖房子？"

我小时候它还在，位于村子里的最中心，印象中三间房很宽敞，若是开个小会，能放下可供五十个人坐的小板凳。这样的家业在当时那个只有十八户人家的北方小村庄，应该算是富裕的了。

父辈们一直说爷爷是"喝酒专家"和"养鸟先生"。我觉得在任何年代，以他们说的这两样爱好都不可能盖出这样大的青砖房子。父辈们支支吾吾。倒是堂弟大胆宣布："我们这个家业不是爷爷赚的，是二爷爷赚的！"

二爷爷，是爷爷的哥哥，终生无后。他曾承诺："弟弟家的孩子和自己一个姓，所以弟弟家的孩子也是自己的孩子。"当然，以今天的眼光看，二爷爷是个事业型男人，但是在那个年代，没有孩子的家庭会被别人说出很难听的话——"绝户头儿"。

据说二爷爷做生意是一把好手。春天去集上卖菜，夏天去集上卖水果，秋天去集上卖粮食，冬天去集上打铁，甚至还多次推着装满青菜和水果的独轮车，把敌人引进我军埋伏好的乱坟岗子里。

堂弟说我家鼎盛时期的房子并不是我们小时候看到的样子，比那老宅还要精美，砖木结构，四个屋角雕刻着"世界和平"四个大字，字的周边还刻有花草图案。后来因为某些因素，二爷爷自己把雕刻的字画全部拆了下来。我们小时候跑来跑去捉迷藏的，是后来拆除重建的房子。

我无力寻找别的佐证，但心里觉得堂弟讲的故事真实性还是很高的。爷爷没读过书，却用自己的几亩薄地，把自己的六个儿女都送进了学校读书。而他天天除了在家喝酒，就是去村头遛鸟，在他的人生轨迹中确实难以看到持家赚钱的辛劳。

我小时候在二爷爷屋里见过打铁的工具、锄地的锄头、浇菜的辘轳，给葡萄、苹果、梨、杏、桃子等果树挖地、施肥用的铁锹，墙上挂着割麦用的镰刀，地上放着的磨刀石……在他的心里，也许有干不完的农活，也许还有帮衬弟弟养育六个孩子的沉甸甸的责任。

向阳而生 逐光前行

这天，我们来到济南市北园大街汽配城市场。

一进门，便是一家卖轮胎的店铺，有几位店主或站或坐，正在晒太阳。左边是玲珑轮胎的店铺，右边是壳牌机油的店铺。修车的店铺牌子上写有：查线路、补轮胎、换机油保养、更换三芯、空调充氟检漏、刹车片。修理工一个个满身油渍，黑乎乎的双手，不是在车旁，就是在车下忙碌着。一个卖夏利配件的老板，拿着大大小小的夏利配件，耐心地给胖子修车老板介绍代理安装。他相信胖子多年的技术和经验，他说，在胖子店里修过的汽车，开起来放心。修车店旁边是卖易损件的店铺，货架上摆满了七八种不同品牌的雨刷、火花塞、大灯泡、小灯泡、大保险片、小保险片和各种车型的前保险杠，后尾灯等等。来买汽车配件的有修车店铺的老板，也有车主本人亲自来，把有故障的车辆往修车店铺门口一放，交代一下，就去办别的事了。

市场管理处门卫王大爷讲给我们听："很多人为了省房租，晚上都想在店铺里面住，为了安全起见，我们晚上准时停水停电。"因为有一次A

区店铺着火，差一点引燃了B区店铺。在救火时，有好几位店铺的老板和员工手都受了伤。所以规矩还是要定的，也是为了大家的安全。

当我知道了这个救火的故事后，再经过每一家店铺时，都会留意一下师傅们曾经救过火的手。修车店里面小伙子们的手大都黑油油的，又挂满了工具带来的伤痕；钣金店铺门口的小伙子双手沾满了原子灰；烤漆房的小伙子双手染满了五颜六色；打黄油的店铺小伙子全身上下都透出一股黄油的味道。在这些店铺的周围，还有卖电瓶的、卖轮胎的、卖机油的、卖发电机起动机的、卖汽保工具的……一双双粗朴勤劳的手撑起了每个家庭的希望，也让汽配城的生意红红火火。

还有一双中风的手，他的主人吐字不清，走路不稳，一家老小全靠老婆在汽配城开了个小卖部为生。他的左手虽不能用力，但他能用右手每天给忙碌的老婆做一些简单的饭菜。

我发自内心地赞叹不已："他们虽然每天起得比鸡早，睡得比狗晚，带着满身疲惫的伤痕，但是他们大家个个脸上洋溢着幸福的笑容。"跟他们聊天的时候，他们常骄傲地说："你们不要觉得我们辛苦，我们也能挣钱，只要有这个店铺在，我们就能把孩子送到济南市最好的学校。"

我感受到了一种能量。在艰难环境中仍选择向阳而生，逐光前行。相信他们美好的心愿会如期而至。

人生需要学会刹车

刚刚下班，接到来电，是一个老朋友打来的，传来噩耗：她老公因生意太忙太累脑出血去世。

令人震惊！生命只有一次，好想给自己的生活踩踩刹车，最好是急刹车。因为我第一次创业失败，得了抑郁症。很喜欢奶奶说的一句话："日子不是一天过的，快也是一天，慢也是一天，金山银山带不走，车到山前必有路。"

当思绪逐渐理清，我想我最怀念的还是和奶奶一起生活的日子。因我是二宝，又是女孩，在襁褓中就被父母送给了奶奶抚养。在我的后面，妈妈又添了两个小弟弟。奶奶以没有女儿为由把孙女当闺女养。我曾无数次在梦里出现爸爸妈妈、姐姐和弟弟，潜意识里也一直做着自己回归家庭被宠爱的梦。可是，后来的日子里，我们竟然渐行渐远，各自的人生路再无过多交集，偶尔见面也不过是几句敷衍。或许这是我成长中最介意的事吧，缺少父母之爱，也感受不到手足之情。

奶奶告诉我，人在世上注定会面对孤独。这一生的路，终究是要一个人走。

如果时光可以倒流，我一定要拼了命去多挣钱，我要给父母买车买房，我要给姐姐买车买房，我要给弟弟们买车买房，我要尽力讨好他们，以乞求他们别再嫌弃我。我的焦虑恐惧症已经控制得很好了。整个人积极向上，正能量爆满，待人接物也有所悟，不再烦躁、胆怯。我的思想坚定信心十足，我相信自己可以学习生活得很好，在人际关系中也能更开朗、更包容一切。现实是，我无法回到母亲第一次给予的温暖怀抱。时光如流水，它不会再给我一次重新来过的机会。那么就自然地相处。

学会舍弃。有的时候，刹住车的那些日子可以让我领略别样的人生，领悟不同的世间百态。人这一辈子，来来往往，分分合合，没法去左右，但可以选择看淡，学会感恩，内心的淡定让我看到了人生最曼妙的风景。

我花了十五年时间在陈清贫写作网校完成了写作课程，也重新发表了文章，越来越接近儿时的梦想。虽然没成就什么大的事业，但是在生活中也打开了健康的心智，有一个自己的好友群，和好友之间无话不谈，时不时开心逗乐一番。这一切，正是我所欠缺的。所以，我可以很安然地告诉九泉之下的奶奶，感谢奶奶给予我的人生教诲，"刹车"让我走得更稳更远。

丢不掉的作业本

　　儿子上小学后，依然调皮捣蛋，常常丢三落四。尽管妈妈将儿子的书包、铅笔、橡皮等常用的学习用品都摆在书桌最显眼的位置，但儿子为了不想写作业，还是常常找借口说找不到作业本。

　　星期五的晚上，儿子开始写周末的作业，却怎么也找不到作业本，只好给上晚班的妈妈打电话。

　　妈妈在电话里调侃说："是不是又不想写作业，故意弄丢啦？"没等儿子回答，又说："去你写字台的抽屉里拿吧，我刚买了一叠新的作业本放在里面给你备用，拉开抽屉就能看见。"

　　儿子来到写字台前，拉开抽屉，一看，厚厚的一叠新作业本果然就在那里。看到那么多作业本他很生气，便撒娇地告诉妈妈说："妈妈那里没有作业本。"

　　妈妈说："没有？不会吧？那你去爸爸的写字台抽屉里看看，也许作业本在爸爸的抽屉里。"儿子来到爸爸的写字台旁边，果然看到抽屉里也有厚厚的一叠新作业本。

好奇的他又跑去扒开妈妈的抽屉看看，儿子突然皱起了小眉头，因为妈妈的抽屉里也有一叠新作业本。

知子莫若母，妈妈最了解儿子的性格，她深知再爱孩子也陪不了他一辈子，只有让孩子学会自律，自觉主动地去学习，儿子在将来才能应对各种挑战。

和月亮谈一件心事

儿时，喜欢坐在院子中央望月亮。月明星稀的晚上，奶奶和我一起看月亮，为我烤香甜的玉米吃，给我讲她年轻时的趣事。安静的村庄像是涂上了一层淡淡的银辉，月光下的一切，轻轻柔柔的，烤玉米的香甜弥漫四周。

奶奶也喜欢看月亮，还会根据月亮的变化预测每个月庄稼种植的旱涝天气。她常说："如果月初月亮平躺着像小船，这一个月的雨水会很多，要注意防涝；如果月初月亮竖着像镰刀，那这一个月肯定无雨且干旱，要注意防旱。"奶奶还懂很多，她说："早看东南，指的是在清晨天未全亮时，如果是东南方向来的乌云盖住了月亮，必定要下大雨。夜看西北，指的是在夕阳刚刚西下时，如果是西北方向来的乌云遮住了月亮，必定会被一阵狂风吹散，雷雨也会随风而去。"这些常识，我都是在奶奶那里学会的。当我再抬头看月亮时，就仿佛和月亮在谈一件心事，有了一种心照不宣的默契。

在父母又生了两个小弟弟之后，看月则多了一层隐秘的心事。那时，父母不仅每天要照顾姐姐和弟弟们，还要喂养牛羊和耕种田地，似乎忽略了我。夜深，月光照着小床也照着无眠的我，我泪流满面地问奶奶，母亲为什么要姐姐弟弟，就不要我了呢？我也想妈妈。奶奶无比心疼地抱着我去院子里看月亮。她一面哄我，一面给我讲嫦娥的故事。奶奶说："嫦娥长得很漂亮，她也是一个人住在月亮上，她想妈妈了就会抱一抱她的小白兔。奶奶明天去邻居家给你也抱来一只小白兔好不好……"她告诉我，只要把愿望跟月亮诉说，很快就会实现。

我躺在奶奶胳膊上，望着圆圆的月亮。奶奶抱着我走，月亮也跟着我走；奶奶停下来，月亮也会和士兵一样站立不动。我觉得新奇又有趣，仿佛自己也住在了月亮上。那晚，月亮似乎真的听懂了我的心事，我终于能在梦里告诉妈妈，我有多想她，我有多听话。我把我香香甜甜的烤玉米喂到妈妈嘴里，因为不想让妈妈离开我，为了让时间慢些走，一粒一粒喂给妈妈吃，看着妈妈吃得香甜，我无比幸福。

八月十五月儿圆的晚上，妈妈带着月饼来看望奶奶，她缓缓道出了自己的生活不易，由于爸爸天生残疾笨拙，一切家务全靠她完成，一年四季披星戴月种那十几亩地，瘦弱的肩膀被迫学会了男劳力们才去干的技能，包括修河、修路、打场、收麦、犁田和种地。白天干不完的活，晚上接着干，当别人都进入了梦乡，她还要伴着月光去田地里给庄稼浇水。

妈妈说，有一次，她拿镰刀的手磨出了血泡，为了抢在大雨之前收麦，第二天，带着血泡继续拿起镰刀，奔向那一眼望不到边的麦田。别人是天黑往家赶，她是干完家里大大小小的活，带上磨镰刀的石头和水，伴着月光继续去割麦。每天夜晚，月亮不眠，她的双手也不停地在田间劳作。每当累到直不起腰的时候，想想年幼的孩子和年迈的父母，她只能咬紧牙关，偷偷地跟月亮谈一谈心事，幻想着嫦娥姐姐能下凡人间，挥一挥衣袖，把所有的粮食归仓。

我偷偷地看了一眼母亲，她的眼神深邃而坚定，知道未来的日子里还有走不完的路。母亲深情地望着月亮说，每个人在难熬的长夜中，一定都有自己的月亮。

　　那一瞬间，我似乎被什么击中了。原来当一个人学会了和月亮谈一谈心事，就会有一种东西生根发芽，它的名字叫"成长"。而当我们将烦恼和痛苦放在月光下晾晒时，可以采取一种自然的方式去化解，时间之水就会慢慢抚平内心深处的皱褶，让胸怀坦荡如光风霁月。

她的身边从不缺少诗和远方

　　第一次坐邻居的车，我惊讶于他布置的车内饰环境。打开车门，扑面而来的是一股淡淡的芳香。车内干净整洁，连脚垫都是可以拆卸清洗的，既方便又干净。车内有一串圆圆的佛珠状的挂饰，和紫砂壶一样的颜色，优雅安详。还有一排活泼可爱的小猪佩奇，加上改造好的星空顶，让车内多了几分可爱与诗意。舒适的坐垫和靠背的颜色搭配得温馨又温暖。我们坐在车上聊天，能感觉车的主人把自己的日子过成了诗和远方。

　　最让我惊讶的是她的车已经开了15年，当时买的时候不到5万块钱，在有钱人眼里也算不上多么宝贵。大部分人对刚买的新车都极为爱护，买各种各样的装饰品来打扮，天天洗车、保养、美容。随着汽车越来越旧，人们渐渐失去了耐心，甚至任其年久失修，以致老旧的汽车除了喇叭不响，哪里都响，开过15年左右的车就彻底沦为上下班的代步工具，除了让它不缺油不缺水之外，其他就是踩一脚油门呼呼跑。像我邻居这样对旧车这么有爱心，始终不离不弃的人还真不多。

　　邻居说，我是渴望把诗和远方留在身旁。老车不只是上下班和接送孩子的工具，也不只是把我们从导航的出发点送到目的地，还能让我们载着希望和梦想翱翔。实现梦想不必去远方，把眼前的工作、家庭、生意经营好就能拥有一份诗意，就能把平凡的日子过成诗意的栖居。

奶奶常说："浇树浇根，交人交心。"这句话说得很好，就是在平常的生活之中，能帮助到别人就是人生最大的幸福。有的人以为生活的幸福必须是建立在金山银山之上的，而我以为"哪里有爱，哪里才有财富。"跟金山银山没有太多的关系。就如同邻居的车并非什么新款，在一般人眼里就是即将快要报废的一辆老旧汽车，可她却能让它带给自己和坐车的人们心中永远留下诗和远方。

我们常常渴望把梦想变成希望，这是对人生梦想最好的比喻。人生的确是一个让梦想成真的过程，而生活就是我们人生的车轮。如何让梦想成真？就是把你热爱生活的这辆老车清洗干净，装扮得更诗情画意，让诗和远方永久地留在你身边。

由这位邻居想起老家的一位亲戚，多年来她一直跟丈夫在老家生活，做点农药化肥的小生意。孩子上学，房子不算太大，但他们一家人日子过得很幸福，她说这样的生活才充实。房前屋后，瓜豆茂盛，小门头的农药化肥生意也很好。亲戚是个勤快人，小村庄不算大，家家户户无论谁家有事她都去义务帮忙。谁家需要种子化肥她也会及时送到，她常常把辛辛苦苦挣来的钱捐给学校或者孤寡老人，她觉得能帮助别人，就是自己最大的幸福。而我以为，她眼中有光，心里有诗意和远方。她的善良和勤劳会让她四季如春，一生欢喜。

我的奶奶一生勤劳节俭，助人无数，她是全村唯一的接生婆，为全村人家的孩子接生过，可是她从来不收一分钱，不收一个鸡蛋，也不收一个糖块，因为以前大家都生活得比较艰难。奶奶最是人间清醒，她用一生去帮助别人，从不穿贵重的衣服，也从不吃奢侈的饭菜。90多岁时身体一直很好，奶奶说她的一生很幸福。我觉得奶奶的一日三餐、一年四季从来不缺少诗和远方。

白色拉风大众车

说起"白色拉风大众车"的来历，挺特别的，它是我的学生交给我的"学费"。

十多年前，爸爸就想学开汽车，可奈何他的"教练"都不咋的：老教练不想带年龄大的学员，新教练经验又不丰富，没啥耐心。爸爸也渐渐失去了信心，发誓再也不学开汽车了。

可三年前，爸爸看我坐在驾驶室里，双手握着方向盘，一脚油门拉风又潇洒，他心中又燃起了要学习开车的小火苗。爸爸便向我拜师学艺，我也开开心心地当起了他的"教练"。说来也奇怪，我把自己考驾驶证的一套方法与技巧毫无保留地传授给了爸爸，他这位被老教练和新教练视为"死不开窍"的学员在我的指导下居然"开窍"了！爸爸"锦鲤翻身"，一点就透，一教就会，没出两个月就从驾校走完流程，很快拿到了驾照。拿到驾驶证的第七天，爸爸在我的指点下能开车上路了。爸爸说：并不是自己有多么笨，原来是没有找到"合适的老师"。我和爸爸都笑了，爸爸为了感谢我，居然给我买了一辆我心心念念的"四手"白色大众车，当作

"学费"送给我，我开开心心地接受了。

周末、节假日和阳光灿烂的日子，或者下班比较早的时候，我就有去黄河岸边兜风的冲动，我手握方向盘，脚踏油门，一路闪电般在母亲河公园里面的练车场里狂奔一下，让我自己的白色拉风大众车一起吹吹风过把瘾。公园里丁香花的味道一路相随，开心不已。

开着这辆四手的白色拉风大众车，穿行在人烟稀少的黄河岸边：秋天的微风拂过车窗，我和爱车都成了追风少年；秋天的暖阳照在金黄色的谷穗上，白色拉风大众车载着农民伯伯的丰收和喜悦飞驰而过；到了冬天，车里的空调成为一道更温暖的保障，让我可以开着爱车随时出行在黄河岸边看那风光无限。

不论秋风多么大，北风多么冷，有我的白色拉风大众车陪着我，走到哪里心中都温暖。

又到了红薯飘香时

又到了红薯成熟的季节，城市里每个人烟密集的路口，都有大车小车的红薯出售，那熟悉又吸引人的吆喝声，如同冬日里正午的一缕暖阳，穿透了城市的喧嚣与繁华，直抵我内心深处。大明湖北路的街道上，红薯飘香，许多年轻人围着烤红薯的大炉子，争相购买，这情景一下子勾起了我对童年红薯的回忆。

20世纪70年代，那是一个经济困难的年代，红薯曾经是农村老百姓家家户户的主食和救命的食物。那时，老家的地在黄土高坡上，加上干旱少雨，小麦产量特别低，有时几乎绝产。各家各户能分到的粮食屈指可数，人们总是饥肠辘辘。为了解决温饱问题，生产大队里就想出了在干旱少雨的黄土高坡上种植繁育红薯的办法，因为红薯属于多年生草本植物，产量高，耐干旱，含有大量的淀粉、矿物质和膳食纤维，营养丰富又饱腹。

在那个食不果腹的艰苦岁月里，红薯承载着人们对温饱的渴望和对生活的希望。每到开春，生产大队里便开始忙碌起来，为黄土坡上的红薯种植做准备。种红薯的第一步要育苗。就选在黄土坡上的一块向阳的土地上，深挖细耕做成培育红薯苗的苗床。将精挑细选的最大个头的红薯，整整齐齐地种在红薯苗床的营养土里，再覆盖上一层薄薄的细土，用水浇透。然后，用塑料布将苗床覆盖起来，以保持增温保湿。每天都有小组队员负责查看苗床的生长情况，傍晚气温下降及时遮盖草垫子保温，早晨气温回升及时掀开保温垫让它们吸收阳光，有了温度、湿度，还要有充足的阳光，红薯苗才能更快更好地成长。经过一段时间的悉心照料，红薯苗破土而出，绿油油的红薯苗在阳光的照耀下显得生机勃勃。

当红薯苗长到一尺多长，就可以栽秧了，这可是个力气活，也是个技术活。生产大队里的各个小分队，男女老少都下地干活，大家分工又合作，有的负责挖坑，有的负责往坑内浇水，有的负责插秧，有的负责培土，把湿漉漉的泥土包住红薯秧苗的根部，再用干土包在湿土的外面，用力压实。为了保证红薯的产量，栽秧的间距和深度都有严格的要求。大家累弯了腰，汗水湿透了衣衫，脸上却洋溢着灿烂的笑容。

栽完红薯秧苗后，就是田间管理。红薯的生长需要充足的水分和养分。在十分干旱的季节，人们要从远处的小河边挑水灌溉；为了给红薯提供养分，还要把牛羊的粪便和鸡鸭的粪便混合在一起，撒在红薯地里给红薯增加营养。除了浇水、施肥，除草也是一项重要的工作，杂草太多会与红薯争夺养分，影响红薯的生长。人们拿着锄头，小心翼翼地在红薯地里除草，生怕伤到了红薯的根部。在大家精心的呵护下，红薯苗一天天长大，绿油油的叶子铺满了整个黄土高坡，仿佛给黄土坡铺上了一层绿色的地毯。

霜降过后，就到了收获红薯的季节。这是一年中最忙碌也是最喜悦的时刻。生产大队分配各个小分队，各家的劳动力全部参加劳动，大家扛着三齿锄头、铁锨、镰刀和竹筐，兴高采烈地奔向红薯地，黄土坡已经是一片丰收的景象。红薯的叶子已经褪色枯萎，地下的红薯已经迫不及待地想要破土而出。人们先用镰刀割掉红薯长长的秧子，然后用三齿锄头小心翼翼地挖开鼓起的泥土，一串串红彤彤的红薯便露出饱满喜人的笑脸。大人们忙着挖红薯，孩子们则在后面忙着捡红薯，欢声笑语回荡在黄土坡上。

红薯全部收完后，生产队会留出一部分又大又好的做红薯种子用，放在地窖里用晒干的沙土埋起来储藏，以备来年春天育苗用。长相差的、还有小一点的红薯则被清洗干净磨碎做成红薯粉，再用红薯粉制作成粉条、粉皮、凉粉等，也是当时家家户户餐桌上的一道美味佳肴。

奶奶会用各种方法烹制红薯。蒸红薯软糯香甜，小米红薯粥黏稠细腻、营养好消化，烤红薯则是孩子们的最爱。在刚做完饭的草木灰里，趁余火还烧得滚烫，奶奶赶紧埋进去两个红薯，等草木灰完全熄灭，奶奶慢慢地把外焦里嫩的烤红薯扒拉出来，剥开烫手的外皮，一股馋人的香味扑鼻而来，让人垂涎欲滴。一口下去，幸福感飙升。

除了吃红薯还可以吃红薯叶子。下霜之前，红薯那密密麻麻的叶子，常常会被奶奶摘下来一竹篮，洗净晾干，切碎拌匀面粉放在蒸笼里蒸，蒸熟了，倒出来凉一凉热气，拌上刚刚捣碎的蒜泥和佐料，味道十分鲜美。

在那个年代，红薯不仅是老少皆宜的主食，也是人们的精神寄托。它陪伴着我和奶奶度过了一个又一个艰难的日子，也陪伴着我的父母熬过无米下锅的岁月，当然也陪伴着我从儿时走到了中年。

如今，人们不再为吃饱穿暖而担忧，红薯也从曾经的救命主食变成了如今的健康食品。但儿时那段与红薯有关的岁月，却永远留在了我的记忆深处。于我而言，那不仅是童年的味道、思念的味道，更是我永远不能忘却的味道。

整理阳台的快乐

闲暇时间，我非常喜欢整理阳台。对我来说，整理阳台不是枯燥乏味的劳动，而是有氧运动。这个过程，就像春种秋收一样自然而然。这个过程，也像是在种一棵桃花树，总要从一棵幼苗种起。

有人通过整理阳台上的花花草草来缓解压力或者调节情绪，在我看来，也确实有这样的功效。大概是在整理花草的过程中，把所有的枯叶去除，也是个清净自己心情的过程，很容易获得幸福感。还有一点，当一个人全心全意沉浸在整理阳台花草的时光时，就会觉得自己就是万物的主宰者，所有花盆的造型的决定权都在你的手中，你把它们安排得各就各位，就像是在完成一块菜园里的耕种。把大大小小的花盆安排得井然有序，把枯黄掉落的叶子扫起来倒掉，把一个凌乱的阳台一点点整理得生机勃勃，让人身心舒畅。

对我来说，整理阳台上花花草草的时光，就是一段安宁而自由的时光。我一般都是在开开心心的时候去整理，就像当我看着花儿微笑时，花儿也在看着我微笑。我会开开心心地享受整个过程。

我在整理阳台的过程中，经常听着轻音乐。心情完全放松，世界上仿佛只剩下阳台上的阳光、花草和我。我与阳台融为一体，相互共生共存，我离不开阳台上的一切，阳台上的一切也都在等着我。阳台是我倾注感情最多的地方，当然值得我用心去整理。我觉得美好的整理清扫枯叶的时光，也是我与阳台上花草情感交流的过程。我们相互表达着各自的心愿，最终它们选择了让我每天下班之后陪伴着它们。

我把大花盆的花儿摆在左侧位置，小花盆的花儿摆在右侧位置，有时也会刻意换一下位置，望着自己修剪后的造型，心情也随之快乐起来。我把大大小小的花盆里的土都松了一遍，把收纳小飞虫的盒子拿出来。给花草去除小飞虫、小蚜虫，是一个"大工程"，要有耐心地把粘飞虫贴挂起来，还要把诱虫灯打开。我把爬上窗纱的藤蔓放在花架子上吊起来，把需要搭架子的花草用小竹竿架起来，将有些枯黄的杂草拔除。记得奶奶常说："去除杂草最快的方法就是种满庄稼。"为去除杂草，我便种满花朵和韭菜。有两小盆好看的小草，我到底舍不得丢进垃圾桶。于是我把这些好看的小草种在一个空闲的大花盆里，也是阳台上一个十分好看的盆景。

我享受这样整理阳台的美好时光。对我来说，整理打扫的过程也是在清扫自己的心灵，让自己的心灵除去杂草，种上充满阳光的花朵。在阳台上总想起小时候，奶奶在菜地里教我拔草种菜的情景。虽然难免感慨岁月匆匆，心中却总是溢满温情。

整理阳台是一个治愈自己心灵的过程，也是一个美好的过程。我想象着，等我老得那里也去不了的时候，我会在静静的午后时光里，安心整理一生的回忆。整理这一生美好的时光，应该是一件幸福的事。我一定会用心去除杂草，然后种上美丽的花朵和绿油油的蔬菜，让自然的力量平静我的内心，舒缓我的压力，驱散我的焦虑，这何尝不是嫌弃我太懒的奶奶愿意看到的？看到这样的阳台，她也会笑得合不拢嘴。

第二章

让坚韧开出希望之花

让坚韧开出希望之花

　　胖嫂是泉城的小商人。刚结婚时，婆家人都喜欢张扬，而胖嫂却喜欢低调，常常过着极度简单的生活，穿着极为朴素。这样一来，胖嫂显得很不合群，婆家人经常看不起她，还因此欺负她。

　　胖嫂老实木讷，每次和大姑子小姑子们理论都败下阵来，有时还会被骗走自己仅有的一点食物。常常食不果腹，但她似乎并不生气，每天依然给年幼的孩子们唱着儿歌，好像被踩在脚下的不是她。

　　一次，孩子姨妈担忧地对她说："你没想过改变自己的生活吗？我是说婆家人合伙欺负你。""婆媳关系没有谁对谁错，都是一家人嘛。"胖嫂回答。孩子姨妈继续说："可是，你总被欺负，就不太公平，必须反抗一下吧？"胖嫂笑笑说："我并没有饿死呀，说真的，我还是占上风的呢！"

　　孩子姨妈疑惑不解地看着妹妹，不知道她"占"的哪门子上风。胖嫂解释道："我被骗走点食物又算得了什么，都是一家人，我可以干活挣钱再买点吃的给孩子们。""天哪，真可怜。不过，这算什么？"孩子姨妈满脸不解。"这说明我比他们会挣钱养家啊。"胖嫂微笑着说，"只要不被饿死就有希望。"

只要不被饿死就有希望，正是怀着这种积极乐观的心态，胖嫂不曾抱怨，也没有失去希望，后来她学习了经商，以百折不挠的奋斗精神，走上了致富路。买了学区房给孩子最好的教育，买了车接送孩子们上学，买了公寓实现了财富自由，她在生意上一帆风顺，成了一个出色的商人。

逆境中，不放弃希望；艰难中，仍为他人着想。一位普普通通的泉城胖嫂，映照出个人成长之路的曲折与光明，引导我们以坚韧之心，育希望之花，以希望之花点亮前行的道路。

网瘾少年逆袭人生

邻居孩子因玩游戏太入迷和同学打了一架,按老师的说法,这孩子适合送回老家在"农业大学"里改造几年。

孩子却被父母送到了我们的修车店里当学徒。刚来时,作息黑白颠倒,光"时差"就倒了三天。

我问孩子爸爸妈妈孩子的成长经历时,爸爸沉默不语,妈妈说孩子性格内向不爱说话,从小跟爷爷奶奶长大。可是爷爷奶奶都去世了。

孩子爸爸终于开口讲了一句话,说:"老板,我们不要工资,你看孩子考大学是没有一点希望了,就想让他在你店里学门技术混口饭吃,要是没有一技之长怕他长大了扰乱社会。"

店长听到这一席话,愣了一下,下意识地看我。

我也愣了。

这种我们能预想到的"最好"的沟通结果,很久没听到过了。"工资给少了不干,工地搬砖都一万多了,学徒工资要是给不到一万多还不如让孩子在家玩呢。"这些话,我们听得多了,以至于听到如此好的说辞,反而很感动。

我听到他父亲的话就放心了，经过一段时间作息规律的适应，孩子精神振作起来，手脚慢慢协调了许多，教给他一些简单的技术也都能记住了。但某天夜里他又偷偷地去了网吧，我们和他妈妈找到他，他开口第一句就是"我要玩游戏"。

妈妈一听，急了："不行，教你的师傅说了，学技术不能三心二意。"

儿子甩开妈妈的手，恼怒地大哭："你是我亲妈吗？你再爱我一次行吗？"

妈妈也哭了，说："儿子，你为妈妈争口气行吗？"

我和店长尴尬地看着两个人相对而泣，最后，妈妈哭赢了，孩子很不情愿地回到店里。

妈妈和我交代了一下孩子的性格、爱好、脾气，我们一起商量如何防止孩子晚上偷偷去上网、如何培养他的优点与强项等等。

孩子作息规律恢复得挺快，吃得香了，睡得着了，会补轮胎、换机油、做四轮定位了，人一天天恢复正常了。

突然，有一天早上，店长点名少了一个人，老师傅说："那小子一夜没回来。"

我对他们说："网瘾会复发的。"

大家赶快四处寻找。

最终在离店2000米远的一家网吧里，找到穿着工作服、光着双脚的孩子，他正在玩游戏。

他面前的两台电脑都在进行网游，让人看着眼花缭乱的。

面对询问，孩子头都懒得抬一下，说："现在，我就要玩游戏。"

最终还是以需要休息为由，把他劝了回来。店长想出了好办法，店长一有时间就手把手地教孩子核心技术，一边教技术一边鼓励，今天进步很大，今天又学会了几样新技术。在沟通的过程中，店长知道男孩子最爱跑车，便一边鼓励一边画"大饼"，只要跟我好好学，保证让你很快自己当老板，很快开跑车。孩子越听越开心，在鼓励之下正能量越来越多。

又过了几年，孩子修车经验越来越丰富。修车技术越来越好，也挣到了不少钱，在父母帮衬下自己也开了汽修店，还买房、买车、娶妻生子了。孩子的父母也开开心心地帮忙带孙子。

在店长和大家的爱心托举下，这个当年的网瘾少年逆袭人生，破茧成蝶。

失踪的小学徒

他叫哑巴小三，长得黢黑，见过他照片上的模样，目光澄澈，笑容憨厚。

被驾校维修部选中当学徒时，他是很自豪的。他年轻力壮，心灵手巧。

新校长接手驾校初期，很多车辆年久失修，有很多磨损严重的配件需要及时更换。因为初考驾照的学员们都是新手，没有躲避危险的经验。于是，驾校后勤部成立了一个紧急安全维修小组。

2007年，新驾校开始运营，半年后，检修合格的车辆全部正常运营行驶。只剩下黄河滩练车场的一辆事故车无法启动。7月18日这天上午，吃过早饭，一车3人，包括学徒哑巴小三，向黄河滩练车场出发。

练车场紧靠一片低洼处的墓地旁，下雨常常积水。两边是荷塘，不远处的黄河水流湍急，波涛汹涌澎湃。师父一人开车，徒弟两人提着维修工具，各种扳手、钳子、螺丝刀，大锤小锤、倒链、撬棍、钢丝绳，还有午饭（面包和牛奶），在闷热的空气里缓慢前行。到达练车场时，已快到中午，师父和大学徒先下车，去检查事故车的维修部位。临出门时，驾校门卫大爷大声提醒，今天济南天气预报有雨，不要出远门。当时，师徒三人并没有把大爷的话放在心上，没想到此时漫天乌云滚滚而来，师父很后悔没听大爷的话，可是，为时已晚，一刻钟时间，暴雨倾盆而下。当时，师父和大学徒在车外，小三在车内。

暴雨袭击时，师父大喊："小三、小三、小三，你千万别下车，你不会游泳，你待在车里别动。"

车外的师徒两人死死抓住一个车窗，师父一边喊着小学徒，一边拼命把大学徒先托上车顶，自己也努力爬上车顶。一股强水流袭来，车晃了晃，差点顺水漂走，师徒两人不敢出声，不敢喘气，因为雨水灌满了嘴巴、耳朵、鼻子和眼睛。九死一生，逃过一劫。

雨过天晴，师父发现，他的工具车不见了，小学徒也不见了。几次三番寻找，却没有找到小学徒。

小学徒是两天半之后才被发现的，他和工具车被冲到300米外一处黄河湾的黄沙里，小学徒蜷缩在车里，水位下降显露出他最后的姿态——一手紧抱着工具箱，一手紧抱着面包和牛奶。

哑巴小三的父母和哥哥都因病去世了，满头白发的奶奶紧紧握住前来慰问的校长和师父的手。奶奶紧张地问，俺孙子淹死了，把驾校的汽车也给淹了，要不要赔钱，我这里有85块3毛钱和一只老母鸡够不够？

最后，校长交给老人的女儿一笔养老金，让女儿为老人养老。自此，校长深刻反省自己，把所有驾校训练场地都搬出黄河滩，无论租金多高，都要搬到相对安全的地方。

许多年之后提起此事，还是让人心疼不已。

老骥伏枥

2021年，哥哥在郊区汽配城开了一家大众配件批发店，开始创业。万事开头难，刚开张，哥哥踌躇满志，储存了大量的货。但是，生意却不顺利。眼看着仓库堆积如山的货物卖不出去，哥哥决定招贤纳士，想高薪诚聘销售人员去各个汽车修理厂跑业务。

刚刚从管理营销部门退休的父亲也来献计献策，但是，老爸提出的建议让人意外。他认为销售人员不用再到各个修理厂去跑业务，哥哥不解地说："多几个销售人员跑跑业务还是有效的。"老爸摇摇头说："这是进入市场前期的策略，我们今天要做的是让售后工作服务到位，尽可能地做周全。"尽管哥哥仍不服气，但是，看到父亲不辞辛苦地亲自指挥，还是接纳了老爸的计划。

老爸一边监督送货的流程和速度，一边检查售后退换货物的速度与进度。他对退换货物，一不让扣钱，二不让加价。每天开早会，都会选诚实守信的员工讲经典感悟的故事，将大家的正能量和积极性调动起来，让大家激情四射地开心工作。

慢慢地回头客多了。哥哥的大众配件成为汽配城的畅销标志，生意越来越红火。哥哥骄傲地说："感谢老爸，姜还是老的辣啊！"

我对门的邻居大妈退休以后，专门喂养别人丢弃的流浪猫，无论是缺胳膊少腿的、少耳朵的、少尾巴的、一只眼睛的，她都用自己的退休金买来猫粮和鸡胸肉，耐心细致地喂养着它们，让可怜的小动物们有一个温暖的家。

有位市场保安常常说："有很多人都认为，退休后的老人干脆在家闲着别出门。"其实仔细想想，有很多像我父亲这样闲不住的老人，我们作为年轻人应该适当地给予老人一些机会，让老人也能发挥余热。

小时候奶奶经常教导我们说，人只要干些有益于人类的事情，就是做好事，无论年轻还是年迈，只要是好事都可以尽力去做。很多时候，当别人不给我们机会的时候，我们要学会自己创造机会。

退休不是终点，而是新旅程的起点。退休老人的余热，如同晚霞满天，美丽而温暖。

那一份不舍

　　"六一"儿童节那天，我在中午时分点了份外卖，收到美食的速度很快。美团派送员看起来很精神，再看那黄色的工装，整洁如新。

　　接过饭盒时，我看到在他怀里用宝宝束缚带兜着一个一岁多的小女孩子，有点瘦弱的孩子露出天真的笑脸，便好奇地问："这是谁家的孩子？"

　　"我女儿！"师傅害羞地一笑。

　　"大热天能带孩子？"

　　"妻子跟我离婚了，我舍不得孩子。"外卖员慈爱地抱起幼小的女儿，在他肩膀上，孩子一双天真纯净的大眼睛很美。

　　"呀！这天气有点热。"我好心疼。

　　外卖师傅一脸幸福地说："这可是我的小棉袄，我必须贴身带着，送外卖我也必须带着她才放心。我还有个四岁的大女儿，在上幼儿园，我女儿的眼睛都像妈妈一样美。"

　　这时，他又接了一单派送任务，带着女儿工作去了。他把女儿叫"小棉袄"，或许小棉袄长大了，会进入一个反哺的状态。大女儿给爸洗衣服，小女儿给爸做饭。小棉袄于父亲而言，是一生的温暖、体贴和关爱。

生活的艰辛并没有让外卖师傅失去希望，女儿成长就是他的动力，他所有受过的累、吃过的苦，都在他看到女儿的那一刻烟消云散。

外卖师傅面对女儿时那藏不住的笑脸印刻在我的脑海里，他乐观面对生活的勇气深深打动了我。

每个人的生活都是一道不同的风景，对亲情的那一份不舍，让外卖师傅觉得，有孩子的地方就有家，有家的地方就有爱。这份深沉的父爱，让他眼里有光。

环卫大叔的浪漫生活

　　我店门口的环卫工是个普通的农村大叔，59 岁的年纪，长得高高瘦瘦的，老家在东北吉林，他没读过书，很早便进城务工，但他朴实的语言里经常透着幽默与智慧。去年有一次在秋雨中扫马路时，一辆汽车将雨水溅他一身，司机急忙下车道歉，大叔憨厚地笑着说："你们城里人就是有文化，洒着点雨水还要道歉，要是你能把雨水都洒到俺老家麦子地里去，俺们老百姓还会感激你的。"那位司机听后，也笑了起来。

　　我店门口大榆树的叶子在秋风秋雨中落满了马路，大叔赶紧拿起扫帚，一边扫一边念叨："可惜了这么多这么好的树叶子，这要是都落在俺们农村老家的羊圈里多好呀，羊吃饱了也会感激这棵大榆树的。"我把店里的矿泉水瓶子留存在一个大编织袋子里送给他。大叔笑笑说："我每次都会把卖瓶子的钱攒起来，回老家让孩子们买书本，好让孩子们多学文化，长大报效祖国。"我问大叔："为什么这么重视孩子的教育？"大叔说："电视上说了，将来我的工作也会被机械化取代的，没有文化就没有发展空间。中国的未来要靠科技强国，我一定要把孩子们培养成才。"

马路上行人匆匆，偶尔会有小学生的红领巾丢失在路边，大叔会用最快速度把它捡起来，为的是让红领巾一尘不染。他将红领巾挂在最低的树枝上，方便小学生来取。大叔说："瞧着就舒服，这红领巾真鲜艳。"

　　看到修理工满身油污地在马路边救援抛锚的车辆，大叔又说："这孩子有出息，年龄不大一身好技术，在家肯定是个大孝子……"

　　雨雪天气时，环卫大叔必定会早早地起床，带着妻子为行人打扫出一条安全的通道。有时，夫妻两人甚至半夜起床清理路面。"为人民服务"这句话他们不会写也不会挂在嘴边，可是他们真真切切做到了。

　　大叔还是懂得浪漫的人，他会把树下飘落的银杏叶捡起来扎成金色花束送给妻子做生日礼物，妻子也会满怀幸福开心地收下。他的生活普普通通，却处处充满了温馨浪漫，看似日复一日的简单和辛苦，却被他过成了最美的日子。

敬畏书墨之香

21世纪因网络的普及对印刷版书报的需求骤降，但我所在的印刷厂仍有很多图书印刷任务。有一些读者偏爱纸张的厚重，因为纸质书报阅读，自带一种别样的仪式感，别有韵味。纸质书仍有销路。有一位老校长，当时已经退休了，就住在我们印刷厂对门，是一个独门独院，老校长经常坐在院门口的板凳上看书。

我们这些上班的印刷工，在快骑到老校长家门前时，都会主动下车，推着自行车走，等推过了老校长家门口，也到了印刷厂门口了。其实并不是所有印刷工每次经过那里都要和老校长打招呼，因为老校长并不都认识路过的印刷工。而且有很多时候，老校长是坐在板凳上低着头看书，根本不知道有人经过，但印刷工们还是要下车推着车走，以示尊敬。

我们印刷厂里也有一位退休王老师，退休后他每天准时到印刷厂上班。他经常说："纸质书是人类学家所说的持久且难被摒弃的人造物，当然也是我最爱的书墨之香。"

这位王老师，每天上班都提前一个小时到岗，在纸墨飘香中默默地给工人们烧好满满几大壶开水。我们走进车间后，听王老师讲完如何节省纸张材料等，才开始埋头干活。王老师会开心地给每一位员工泡上热茶才开始工作。他常常一边干活一边给大家讲："一定要珍惜和爱护纸张，纸张不但可以唤醒人们的触觉和嗅觉，还能传达一种持久的掌控感，网媒再快，也永远没有传统纸媒书墨的芳香。"

这位王老师退休后以一个普通工人的身份来工作，他总是把自己放在最低处，以此来表达对书墨之香的敬畏、表达对守护书墨之香的工人们的关爱。

劳动创造美好

　　暑热难耐的夏天，尽管有风扇，热浪却扑满全身。热风连绵不尽，我的心情逐渐陷入烦躁不安，开始被天气左右。

　　又是一个高温天气，我修完汽车，以最快的速度坐在电扇的出风口，忽然，一个身影出现在窗台边修复着旧玩偶，这是一个比修车还繁复的工作，清洗、充棉、缝补、植绒……每一项都是技术。我从侧门躲进空调房里避暑，然后，转身向玻璃门外张望，试图寻找朱伯伯的身影。当我定睛看的时候，那窗台边的身影还在劳动。耳边充斥着气泵的噪音，时值酷暑，整个汽修车间热浪席卷，满头大汗站在窗台边的朱伯伯，将自己的针线用具放在一个旧轮胎里挂在窗台上。太阳将朱伯伯的针线工具箱烤得火热，朱伯伯双手仍不停地劳动，尽管他汗流浃背，尽管是他的下班空余时间，但想着可爱的孩子们，他不求任何回报地在赶进度。

　　也许我们应该向他学一学怎么修复旧玩偶，怎么清洗、缝补和染色。朱伯伯从不抱怨，尽己所能，努力创造美好的东西。

　　阳光炽热地烘烤着大地，同样也照耀着、温暖着孩子们快乐的童年。

满头汗水的朱伯伯为这一份快乐奉献了爱!

无须寻找爱,无须寻找温暖,因为每一个生命就是一个奇迹,只要你努力生活下去,洒下你足够的汗水,你的梦想就在不远处等着你。

酿人生好酒

在这个世界上总有人把"诚信"奉为人生信条。为了给客户酿造物美价廉的好竹酒，有个叫杨贵妃的苗族姑娘从来不用劣质的原料酿造，因此，杨贵妃曾因资金周转的原因多次向银行贷款。

有一次，杨贵妃参加同学聚会，谈及她酿竹酒赔钱的事：自从2016年，我第一次从电视新闻中看到制作竹酒开始，就下决心自己也制作竹酒。因经验不足赔了不少钱，我也从没有气馁过，多次往返于福建、湖南等地取经。我赔钱最多的一次是连母亲给我结婚的嫁妆钱都赔了个精光。我没哭，我母亲哭了一天。同学们都很佩服她的勇气，不少同学伸出了援手，纷纷向她投资入股。

同学问杨贵妃："你制作竹酒的时间十分漫长，利润应该很暴利才对？"

杨贵妃说："不行！"同学们大惑不解。她向同学解释说："按照常理，制作竹酒是可以挣钱的，可我总结自己赔钱的经验发现，往往是越花高价买优质的白酒作原料，欠债的成本就越高昂。而越是用劣质的白酒作原料越会有短暂的看似不错的利润。但我坚持不用劣质白酒。竹酒制作需要通过高压无创技术将优质白酒注入合适的竹腔内，让其与竹子共同生长6个多月后再取出，所以占用资金成本的时间也比较长，然而竹酒在竹腔中经过二次发酵后品质更佳。"自然地，酿好竹酒的时间越长，占用资金的成本越高，回笼利润资金越慢。

再次聚会时，杨贵妃笑着跟同学们说："多亏大家的投资，目前，我通过多地取经，已向周边村民租了上千亩竹林用来制作竹酒。取酒后，竹子仍由村民卖到市场，村民也通过流转土地以及从事种酒、取酒等工作增加了不少收入。"

同学也非常感慨，很多事看起来挣钱很快，但如果不从长久发展角度做事，是做不长久的。做竹酒生意的人很多，急功近利者必将被淘汰出局。真正做大做强的必定是要用良心去做产品。

母亲心疼女儿为此付出的代价太大，房子抵押出去了，车子抵押出去了，结婚的钱也都花没了。杨贵妃宽慰着母亲说："妈妈你放心，虽然我说过，为了酿出让人放心喝的好酒，付出再多我也不后悔。但是这几年我也挣到了一些钱，只是挣到的钱我先分给了村民和同学们，我向你保证以后再挣到钱了，我先孝敬妈妈。"

杨贵妃用实际行动践行了"诚信"的真谛。同时，也酿出了自己人生的好酒。

"鹰眼"

安迪·波普是英国的一名警察。自2012年以来，他认出的犯罪嫌疑人超过2000人，同事们都认为他有超强的辨别天赋，因为上班时，每个人都会走马观花地浏览一遍通缉令，不知道为什么只有他会记住嫌疑人的长相和特征。这太神奇了，所以同事们都说他有一双"鹰眼"，能认得这么准，肯定有一些诀窍和秘密，每当这时他都会否认。

波普来自伍斯特郡雷迪奇，多年前，西米德兰兹警方、交通警察和交通部门合作项目"安全旅行伙伴关系"，他成为队伍中的一员，在西米德兰兹交通枢纽巡逻，确保人们的安全。

他曾凭借嫌疑人脸上的一颗痣认出对方，也曾认出站台上一名乘车男子是遭通缉两年的嫌疑人。还有个很会伪装的嫌疑人，竟然会利用男扮女装的障眼法，为了引开别人的注意力，怀中还抱着一个婴儿。别人都因他巧妙娴熟的伪装而无法辨别真伪，波普却一眼就能认出来。不但同事们佩服波普的"鹰眼"，连嫌疑人听到波普的名字后都吓得魂飞魄散。这个穿着女装怀抱婴儿的嫌犯就是听到有人在无意之中喊了波普的名字，如惊弓之鸟，丢下怀中的婴儿就跑，被波普逮个正着。从此"鹰眼"就成了波普响当当的称号。

　　"为什么每次都是你辨别得最准确呢？"波普很平静地回应大家："我只是在出勤前反复地浏览通缉令，注意所有的细节，包括照片上的种种样貌特征，以便加深对嫌疑人特征的特殊印象，帮助自己不会错认和误认。"大家终于明白了，没有什么诀窍。他之所以取得好的成绩，是因为每天尽职尽责地专注自己的工作，心无旁骛地做好一件事，这就是波普的"鹰眼"，也是他成功的秘诀。

医者仁心

20世纪70年代，有位名叫白建启的先生在内蒙古的海拉尔区生活和工作。

有一次，他的爱人发现丈夫在咯血，很是担心，再三催促他去医院检查。大夫说区医院医疗设备不全，检查不了。回来的路上，为他担心的妻子一路沉默不语。过了一段时间，单位派白建启去天津出差，妻子急忙拿出家里的全部积蓄塞给他，再三嘱咐他办完公务一定去大医院检查一下。

白建启在天津办完公务后，就急匆匆地买好了回家的火车票。他紧紧地攥着全家人一年的生活费，犹豫再三才去医院做了检查。经过长久的等待，医生终于把检查结果拿给了他，并很认真地告诉他检查结果是癌症，必须尽早治疗。"我是你的主治医师，我必须为你负责，今天就得住院。"他赶紧拿出回古海拉尔的火车票给医生看，医生看了车票后，急切地说："你先等着，我去找主任来再做决定。"医生快步找主任去了。白建启却紧紧地攥着全家人一年的生活费，连忙离开了。

白建启满头大汗地踏上了回家的列车，屁股还没有坐稳，列车员就急切地用扩音器喊着他的名字，原来是刚才为他做检查的医生急急火火地追到了火车站。他被医生、主任还有护士左拥右护地护送到救护车上。在回医院的路上，他才感觉到，医生悬着的一颗救人于水火的爱心，总算尘埃落定了。

从这一刻起，白建启才真正感受到白衣天使的责任是多么的重要，要不是医生负责的精神，或许两年前他就去世了，面对白衣天使，他很感激。虽然他在两年之后还是因癌症去世了，但是他是含着微笑走的，走得很安详。

有生之年，让他不仅感受到了白衣天使责任的重要，也让他感受到了人间的大爱。

古陶瓷界的专家

张浦生就读于复旦大学历史系，1957年毕业，之后在上海多所学校任教，从事陶瓷研究工作，是陶瓷界的专家，在古陶研究领域做出了卓越的贡献。

他一生热爱古瓷教学，一生勤劳付出，把古瓷事业视作生命的全部。为了把捡来的瓷片供学生做学习的参考资料，有一次，他冒着大雨去捡瓷片。下雨天，由于雨水的冲刷，瓷片外露，更利于寻找。这一次，张浦生收获满满，但因为雨水太凉，他发起了高烧，且一直不退，满嘴是泡，嗓子沙哑。家人心疼不已，一再劝他休息，但是他仍坚持去捡瓷片，因为大雨冲刷后，会有很多历史悠久的瓷片暴露出来。为了这份痴迷，也为了在古瓷事业上能有更深的造诣，张浦生舍弃了更多的休息时间。同学们邀请他参加同学聚会，都被他一一拒绝了。无论是家人还是同学都不能理解他对工作的这份痴迷，他却轻描淡写地说，自己只是干一行爱一行，想为学生做个表率。学生们在学习老师的古陶瓷器研究知识的同时，也学习到了张浦生老师对工作坚持不懈的精神。

张浦生是古陶瓷鉴定家、教育家，四十多年一直从事文博工作，在多所学校从事过古陶研究和教学工作。他对瓷器的痴迷，非一般人所能比。因此，在古陶瓷研究界有很大的影响力，培养出的学生也有数千名之多。

直到如今，只要发现哪里有瓷片，张浦生就会带领学生去捡，并且把捡来的瓷片尽快用于教学研究当中。

张浦生在古陶瓷研究领域里创造出不凡的奇迹。作为古陶瓷界的专家，作为一位乐于助学的教授，他一生勤劳付出，热爱古瓷和古瓷教学研究，他把自己的全部生命融入祖国的古瓷事业之中，他把古瓷教学研究视作自己生命的全部。

将工作做到极致

2020 年 6 月 18 日，某医院护士李琳（化名）给北徐小区的周正才打电话，约他进行血液透析。打了多个电话，始终无人接听，但李琳没有放弃，终于在临近下班的时间，打通了周正才的电话。李琳是一名工作十分负责的护士，在医院里，她主要负责给尿毒症患者做透析工作。当她了解到周正才是一个人生活时，就对他特别留心。

这天正好轮到周正才来医院透析，但他却没有来。李琳担心的事情还是发生了，当她终于拨通老人电话的那一刻，老人有气无力地说："我已经发烧两天了，已经无力气去医院了……"李琳还没说话，电话就挂断了。

李琳根据老人留下来的信息，联系到他的侄子。但他的侄子远在辽宁，不过李琳从其口中打听到周正才居住的地方，便急匆匆地赶到周正才的家门外。但是，无论她怎么敲门，始终得不到任何回应。

李琳只好联系小区物业，物业经理又急忙报警。警察强行破门而入后，李琳救起晕倒的周正才，第一时间将他送到了医院。因为抢救及时，周正才最终脱离生命危险。

周正才接触过很多护士，像李琳这样细心敬业的护士他遇到的不多。这时，他才突然明白，明白了李琳工作桌旁那么多锦旗的由来。

李琳把平凡的工作做到了极致，彰显了救死扶伤的职业精神和大爱无疆的医者情怀。

事慢则稳

2007年，65岁的诺拉因体重超标，开始减肥。

我看她每天都慢悠悠地去当地健身房进行三个小时的高强度举重训练，让我万万没想到的是她现在竟然拥有了超过12项美国国家和世界级的举重纪录。

诺拉不但自己成绩非凡，还引导了多名体重超标的朋友也自觉减肥。我好奇地问诺拉："你这么优秀是怎么做到的？"

诺拉慢悠悠地给我讲了她稳中求胜的一个小故事。她说多年前自己去考驾驶证，教练一共带了六个学员，就诺拉一人考试合格了，剩下五个学员全都考试不合格。究其根源，是因为那五个学员太着急了。俗话说得好：人一着急准出错。第一个不合格的是一着急挂错挡了，第二个是一着急熄火了，第三个是一忙乱在陡坡上溜了车，第四个是在慌乱之中压上了警戒线，第五个更出奇，学员一心慌把刹车踩成了油门，开着车不知所措地直接"飞"出了考场。

事慢则稳，只有心情慢下来才能在慌乱时有修复的机会，只有在心情最稳定的阶段才更有成功的可能性。减肥也一样，既然胖子不是一口吃成的，当然在一天之中也必然瘦不成一道闪电。慢中求稳是诺拉的制胜法宝。

生活中遇到困难、遇到跨不过去的坎，不妨慢下来。慢一点儿，才会让我们急躁的心绪安静，看清目标和方向；慢一点儿，会给我们更多的修复时间和避免风险的准备；慢一点儿，会给我们更多的选择和希望。

如此，便会离成功最近，再难的问题也会迎刃而解。

不愿做一辈子医生

2010年的一天早晨，赛车场上人山人海，礼炮声、欢呼声传到了住在不远处的西蒙的家里。与外面万众欢腾的情形不同，西蒙家里静悄悄的。他的父母都是满身伤痕的赛车高手，父母参加比赛去了，爱子如命的父母为了不让孩子受赛车的伤害，于是就把西蒙关在家里读书，西蒙懊恼地学着枯燥的医学课本。

"西蒙，看赛车去，今天可是决赛，又把你锁在家里看书了吗？"同学们好奇地问道。

"很想去，还是你家比较宽松自由，我父母发现我偷偷跑出去看赛车，会批评我的，还是你们自己去吧。"西蒙苦笑着说。

那天，西蒙就这样在礼炮声、欢呼声中浑浑噩噩地睡了一整天。后来西蒙在作文中写道："如果让我继续生存在这个世界上，那么我存在的场所便是赛车场。我愿意做一辈子的赛车手。"

多年之后，西蒙如父母所愿当上了一名医生，但他却对这项工作没有兴趣，工作无精打采。2013年，西蒙在做肝移植手术的过程中，曾两次错误地在患者的肝脏上签下了名字。这严重触犯英国的法律。因为这项罪名，英国的相关部门根据司法流程，将他从英国医生登记册中除名，永久禁止他行医。当西蒙真的失去了行医资格时，他泪流满面地后悔不已。

所以，爱孩子，就一定要尊重孩子自己的选择，特别涉及爱情、职业这些重大选择时，一定要让孩子自己做自己的主人。因为，只有他自己，才最了解自己，了解自己的长处和弱项，家长最多只能给子女提些建议，千万不能越俎代庖，那样只能扼杀子女的天性，让子女生活在不幸福之中，事业上无所成就，一生碌碌无为。

尊重子女的选择，希望我们每一个做父母的都能做好，千万不要以"爱"的名义伤害子女天性。

等不了的梦想

西奥·帕伊斯5岁时，在爷爷家里发现一辆挖掘机，这是爷爷新买的。他非常好奇，就悄悄地开到门外。

爷爷回家发现挖掘机不见了，知道准是孙子干的好事，问西奥·帕伊斯："你为什么要偷开我的挖掘机呢？"西奥·帕伊斯低头，一言不发。奶奶说："他是想学习挖掘机的操作方法。"爷爷说："等你满18岁，我会教你。"西奥·帕伊斯说："等我满18岁了，会有18岁的梦想。"爷爷听后吃惊、喜悦，就把挖掘机钥匙交给了他。

这台挖掘机很给力，西奥·帕伊斯吃饭更甜了，睡觉更香了，整天坐在驾驶室里，舍不得下来。当他操作挖掘机时，爷爷叮嘱说："开挖掘机要细心，应心无旁骛，精力集中，然后驾驶。如果三心二意，虽有崭新的机器带动，也是难于开好的。但凡操作，先要稳住心态，平心静气，不要与人交流，神情专注。开挖掘机的要领，必须心中有挖掘机的概念。向左向右，向前向后，可轻可重，可攻可守，可倾可斜，可挖一条大河，可建一条长堤，可盖起高楼大厦，可让山丘夷为平地，开好挖掘机是一门技术。"

经过反复练习，西奥·帕伊斯掌握了要领，知道操作熟练、游刃有余，是最高超的状态；精神不佳、神情恍惚，是最危险的事情。不到三个月，西奥·帕伊斯的驾驶技术大有进步。

梦想不能等待，当下就是最好的时机，勇敢地迈出第一步，你会发现，梦想不远，就在眼前。

一时的富有

只有一小部分人看重不劳而获的财富，喜欢坐享其成，过衣来伸手饭来张口的日子。但这些实际上只是一时的富有，一时的富有会消磨你的意志力，它不但让你浪费掉宝贵的时间，也在不知不觉中让你虚度了一生。

有一位企业家在一次采访中讲道："经常有人想一时富有来找我借钱，我索性在办公室保险柜里面放些现金，常常会有以前的战友啊，还有认识的朋友，来了就说我是那个谁谁谁的朋友，他们有的讲半天我也想不起来，我问他有什么事啊？他们都说手头比较困难，我说好，我马上拿钱给你排忧解难，我也从来不曾有过想要他们还回来的念头。"

得到帮助的懒人小王觉得企业家无偿给钱是帮了自己，于是抱着一时富有的心态继续懒惰下去，过着得过且过的日子。

然而小李可是个勤劳的人，得到帮助后，小李急忙拿着钱去买种子，把来之不易的钱用在播种来年的丰收和希望上。很快一年过去了，小王依然乞讨流浪。勤劳的小李却通过自己的努力大获丰收，吃穿不愁。

懒人小王看到小李通过勤劳的双手大获丰收羡慕不已，从此悔过，常常去找小李求经验学技术，不再得过且过混日子了。经过努力，小王很快也过上了吃穿不愁的生活，他变得更加勤奋。当两个人一起去给企业家还钱时，企业家很惊讶，好奇地问他俩是如何致富的。还没等小李开口，小王先抢着回答说："因为我俩都是勤快人，俗话说得好，人勤地不懒，这不我们赶上了农业种植的大好机会，我俩都种植了大棚蔬菜，蔬菜长势喜人，挣来的钱先还给你，我俩明年继续努力，让大棚蔬菜继续丰收挣大钱。"

一时的富有只是"暂富"，如同"一时的繁荣可种花，十年的繁荣可种树"，道理是一样的。想要"长富"，必须播种思想，播种勤劳。小王必定是明白了这个道理。

让正能量占据心灵

2019年年底，作为医生的小凤给老家的公公婆婆打电话，邀请他们一起来城里过年，在和父母长达一个小时的电话亲情沟通后，父母在临近春节的那一天终于同意了。

为表示对公公婆婆的尊重，小凤和丈夫商量后主动问他们都有什么需求和爱好，好想方设法让他们满意。公公对孩子们的孝心没有丝毫意见，但对他们每天吃完饭就躺在沙发上看电视十分不满，碍于面子没有发作。婆婆为了不给儿女添麻烦，和老伴商量后，主动开始跟着网上的"故事动力"学习张老师的感悟文写作课程。因为学习不但会让人有事可干，还能填满老人空虚的心灵。

这让小两口十分意外，因为他们一直担心老人会不习惯，而老人却主动要求学习，而且是老两口一起学习，比起邻家老人每天除了喝酒逛街，就是必须打针吃药要好上千百倍。

因为职业关系，小凤接触过很多老年人，而像自己公公婆婆这样主动要求学习的少之又少，老人的学习精神令儿女非常感动。小凤突然明白，为什么自己的公公婆婆一直身体健健康康，总是一副精力旺盛、容光焕发的样子。

有位哲学家说得好："要想除掉旷野里的杂草，方法只有一种，那就是在上面种满庄稼。同样，要想让灵魂无纷扰，唯一的办法，就是让美德占据心灵。"

让正能量占据空虚的心灵，这样的养老生活既愉悦了身心，又充实了精神世界。

真正的动力来自真心热爱

大部分人认为，金钱才是让一个人事业辉煌的动力。其实不然，因为如果这种现象成立的话，那该如何解释很多千万富豪仍在津津乐道地从事自己的平凡工作呢？

为了确定这个问题，富豪夫妇俩做过这样的试验，他们给自己的两个儿子一人一大笔钱，看他们能否经商致富。

富豪夫妇招聘了一大批优秀员工，让两个儿子分别带他们去经商，其中一组是热爱这项技术的，而另一组是热爱推销的。待老大这组技术精英完成业绩后，富豪夫妇俩对他们的业绩进行了考核。结果，夫妇俩发现，老大热爱维修技术，收入很可观，比起老二只为推销而推销的行业业绩高出数倍之多。

由于担心以上结果的不公平性，富豪夫妇俩放弃了给哥俩做的试验，因为手心手背都是肉，不忍心决断胜负，夫妇俩又找来了两个女婿进行测试。

富豪夫妇俩重新招聘了一大批优秀员工，请他们协助两个女婿发财致富。二女婿带领员工耀武扬威的，每天山珍海味，钱很快就花完了，而大女婿则把员工培养成了热爱技术的精英。此后，夫妇俩又给女婿俩一人一大笔钱让他们重新创业。

二女婿仍然对生意场不感兴趣，除了大吃大喝就是无所事事，而大女婿因为热爱维修技术，用技术能力为很多需要的人排忧解难，反过来，这些人又用自己的人脉资源帮他的员工们排忧解难。

夫妇俩通过上述实验，最终得出结果："能不能做好一件事，真正的动力并非由金钱带来的，而是在于这个人本身是不是真心热爱这项事业。"

不浪费一分钱

一滴水不算多，一滴一滴汇成河；一粒米不算多，一粒一粒堆成垛。如果你对生活要求是节俭的，那么你的一生就必定不会穷困潦倒。

蔡志忠靠漫画赚下巨额财富，但是他经常每天只吃一餐饭，白粥加腐乳，他的鞋子也早已是漏洞百出。他看到不少朋友一天到晚在挣钱的路上奔波，常会很心疼地劝朋友："为什么还要一直跟金钱纠缠呢？每天都在想着挣钱。你一定会亏本的，因为你想到的只是钱，而没有其他。"

蔡志忠常说："古人说得好，成由节俭败由奢侈。"人人都有虚荣心和欲望，一种奢华的欲望冲动起来，金山银山都不够你浪费的。所以除了必要的生活开支，就不要再浪费一分钱。因为浪费金钱就是浪费生命，每一分钱都是我们消耗生命才换来的。

蔡志忠最引以为傲的是，他自己一直在用最大的自由过最简单的生活。他说："当初我休整十年，只是为了学习物理。那也曾是我一生中最快乐的十年。其次是我在日本画中国古代经典的四年。如果你能在很长的一段时间内做你自己最喜欢的事，那就是值得你自己过下去的生活。"

在他看来，没有梦想的人就像没有翅膀的蝴蝶。他以一句台湾的古老谚语"一只草一点露"来举例："清晨，每一种植物，无论大小、无论杂草还是花朵，都会结露水。这意味着自然从根本上是公平的，每个人都有自己的天赋和能力，你需要做的，就是去领悟它们。"

物质无尽，只要温饱无虞，不要再跟金钱过多纠缠，不要再切割生命去换取名利，踏实做一些自己喜欢的事，把余生归还给自己享用，也许才是最美丽的绽放。

担当就是对病人负责

这天，浙江大学医学院附属第二医院呼吸内科主任胡轶正在忙前忙后，他在医院里总是随身带着疑难病案，一有机会就会拿出来和同道们研究，甚至不耻下问。

胡轶主任说："院长让我在这样一个比较重要的呼吸内科当主任，给我一个深造的机会。我要珍惜每分每秒的管理和实践。"胡轶每天踏进病房的第一个想法就是要做到对病人的担当与负责。上个月，副主任医师小卢挨了胡轶的批评。因为一天晚上，小卢在后湖院区值夜班，收治了一名大咯血病人，大家紧急抢救了一个通宵。第二天，胡轶一听情况就大发雷霆，"为什么不给我打电话？"随后立即换衣服进了监护室。小卢很淡定地说："他不是不信任我，而是习惯了对病人亲自负责。很多时候就是连病人转科这样的小事，胡主任都要跟着去，交代清楚以免误诊。"

小卢接着说："胡主任有一个专属的微信号，联系人是400多名老病人和家属。像吴彩华一样信任甚至有点依赖他的病人，不在少数。胡主任虽然没有精力聊闲天，但是对病情咨询的信息，总是尽力回复。胡主任总是说，出院了他们还是我的病人，我多花一点儿时间，他们就少一点儿焦虑。"

胡轶始终坚信"自己的担当就是对病人的负责，自己对病人负责多一点，病人的痛苦就会少一点。"

儿子也是贴心"小棉袄"

2020年夏天，丈夫的身体一度出现不适的症状。

丈夫在18年之前就说："盼星星盼月亮也要盼个女儿，为的就是万一哪天自己生病了，病床前如果能有个贴心人照顾着，就会要多幸福有多幸福。"在孩子出生之前，丈夫没少买婴儿用品，奶粉、奶瓶、尿不湿、小衣服、小鞋子、小玩具。整个婴儿房间里充满了爱的温暖。

但是，儿子的出生打破了丈夫的梦想。

丈夫看着自己精心挑选的漂漂亮亮的小公主裙被搁置一边不开心，打算不要二胎了。两年过后，丈夫又想圆梦女儿，便重新布置婴儿房，重新购买了五彩缤纷的公主裙挂在房间里，一切准备齐全，万事俱备只欠东风。然而，世事不如人愿，小儿子的出生再次让爸爸梦碎。

丈夫沉默不语。公公婆婆前来劝说，婆婆说："儿子也是小棉袄，只要你用爱把他喂养大，长大的儿子也贴心。"

18年很快过去了，如今在丈夫病床前守候的两个儿子，大儿子端屎端尿，小儿子喂水喂饭、按摩身体，令邻床的病友十分"羡慕"，一再追问这么优秀的儿子是怎么培养的。因为有两个贴身"小棉袄"的照顾，丈夫的病情急速好转，很快康复出院了。

不必执着于生男生女。以平常心对待孩子的性别，更能促进家庭的和谐与幸福，也更有利于孩子的健康成长。

责任

王巧英35岁的时候的一天，突然感到身体很难受，丈夫连忙联系，要带她去医院看病。因为病情严重，医院派来了救护车。这时，王巧英和丈夫的美好婚姻正好十年。

丈夫给她穿上病号服，在耳边轻轻地说："媳妇，你爱我吗？"

王巧英眨了眨眼。

他把她抱进病房，轻轻地把妻子放在病床上，寸步不离地守在病床边。

王巧英躺在病床上，便完全失去了行动能力，她感觉全身疼得难受，只能24小时卧床，特别是翻身时，身体会产生剧烈的疼痛，这让王巧英十分揪心害怕。而她的丈夫为了不让自己睡过时间，定好闹钟，不离不弃地守护着妻子。

他们每天满怀希望地看着大夫，但丈夫始终握着妻子的手，告诉她你会好起来的。

半年之后，丈夫给妻子翻完身，用纸巾给她擦去嘴边的口水，并在妻子的手腕下垫上一条毛巾，轻轻地给妻子盖好被子。

后来王巧英才明白，丈夫知道她的病是渐冻症，也知道病情会随着时间逐渐加重，妻子每天都会疼痛难忍，于是便多次向大夫求救，请求医生不惜一切代价，用最好的药救治自己的妻子。

当大夫告诉他暂时还没有十分有效的药物可以医治渐冻症的时候，丈夫绝望地想，与其让妻子在医院里天天面对生命倒计时的惊吓，还不如把妻子带在身边，回家照顾。在家里，他可以一边挣钱，一边照顾妻子。丈夫除了把挣来的钱给妻子补充营养外，又多买了几个闹钟，时刻提醒自己准时给妻子翻身、喂饭。

就这样，尽管丈夫最终并未能挽回王巧英的生命，但医生仍认为王巧英的丈夫创造了人间奇迹，他整整让王巧英的生命推迟了两年多才枯萎。夫妻两人从此更加懂得了"责任"一词的真正含义。

谢萧天的坚持

　　谢萧天1米82的大个儿，剪着利落的短发，戴着眼镜，看上去斯斯文文的。他话语不多，语气却很坚定，当记者问他为什么不怕风吹日晒在这里拍火车时，谢萧天很干脆地回答说："因为喜欢所以坚持。"

　　第一次采访是在武汉洪山区井岗社区服务中心旁的铁道口处，冷风夹杂着蒙蒙细雨，连记者都冻得瑟瑟发抖。冷雨冰凉凉地拍打在谢萧天的脸上，但他纹丝不动地站在冷风口，每经过一趟火车，他都会极其认真地用手机拍下视频，及时发布在短视频平台。

　　第二次记者见他时，是在2021年8月1日，正值暑假，也是武汉最热的时候。当天下午，谢萧天吃过午饭，往包里塞上三瓶水和一些小零食，拿着充电宝就上了公交车，来到南湖拍火车。记者记得非常清楚，那天从下午2点到晚上9点，谢萧天一共拍摄了40趟火车。8月的天气非常炎热，又不停有蚊虫叮咬，当记者不解地再次问他时，谢萧天说："它从远方来，又正在往远方去，这是件多么神奇的事情啊！这是我真心热爱的事情，我一点都不觉得辛苦，我会一直做下去，我要做一个拍火车的人。"

功夫不负有心人，在短短的时间里，谢萧天在短视频平台上发布了520条火车视频。他相信，你若坚持，必见曙光；你若坚守，终达彼岸。

管理者带来的自律好习惯

　　2010年8月的一天，德国一家咖啡馆的主管在管理中碰到了一个烦心的难题：咖啡馆原本配齐了充足的桌椅，但是没过多长时间，由于损坏和丢弃就不够用了，以至于不得不重新购买新的桌椅。这样既影响了营业收入也流失了许多顾客。

　　桌椅损坏丢失往往是因为员工收工匆忙和粗心大意，于是，老板强调了规范的操作流程，但还是……

　　老板和主管都希望通过严格的规章制度来端正员工的心态，也曾尝试用很多办法来解决这个问题，可总是没什么明显的效果，还浪费了不少口舌、伤了不少感情，最后不了了之。

　　后来，这家咖啡馆的主管离职，另一家咖啡馆的主管托马斯转岗过来接任。托马斯曾经就职家具维修行业，对桌椅维修特别专业，托马斯以身作则带头引导大家积极保养维修桌椅板凳。托马斯常说：要解决根本问题就要把桌椅当作自己的宝贝来爱护，无论多难办的事情只要用心了就会迎刃而解。

在托马斯的倡导下，这家咖啡馆建立了一套全新的桌椅保养维修管理制度：桌椅由咖啡馆老板和员工共同采购，但桌椅的所有权归员工所有，咖啡馆还会每天给员工一定的维护补助。

新制度实施后取得了立竿见影的效果，桌椅很少再有损坏和丢失的情况。

适当的制度激励产生了内在动力，优秀的管理者带出了一个自律的团队。

艾尔曼的爱

　　瑞士之旅，最让我难忘的是一个叫艾尔曼的中老年男人。他是"苏黎世西区监狱"的监狱长，看上去瘦弱、沉稳，最显眼的是：他没有拿枪。

　　在一个春光明媚、万物复苏的季节里，他带领我们走进入狱体验囚犯生活的区域，开始讲解如何对犯人实施人道主义的平等与友善。他讲解得缓慢而真挚，并且始终面带微笑。不大一会儿，他就有点气喘吁吁，有人想让他坐下讲，他拒绝了。

　　艾尔曼的工作阅历非常丰富，无论是囚犯改造，还是入狱体验者，他都讲解得十分细致。他说，之所以热爱在监狱中工作，是因为他爱监狱里的改造者和入狱体验改造的志愿者们。

　　有一次，艾尔曼因为工作劳累过度导致心脏病发作，多亏了一名监狱改造者发现，并快速通知入狱体验者及时抢救，才得以在最快的时间内挽回艾尔曼的生命。

　　从此，艾尔曼更把全部的精力都用在尽心尽力关爱监狱里的服刑人员和入狱体验的志愿者身上。苏黎世西区监狱在艾尔曼的工作中日渐和平与宁静，从他那里，大家感受到了温暖。

我问他："为什么只有瑞士的在押犯人，和体验志愿者能在一个狱中和谐相处？"他想了想，说："监狱不是为了惩罚罪犯，而是为了改造罪犯，让他们有机会重新成为对社会有用的一员。你善待他们，尊重他们，自然能与之和谐相处。"

心怀慈善 手握力量

近日，在新西兰天维网看到一则报道：在新西兰北岛莫林斯维尔有一名男子幸运中得550万新西兰元彩票大奖。领奖那天，中奖者的妻子非常兴奋，她计划买辆跑车带着全家人兜风，说买跑车是她结婚后期盼多年的梦想。"

当天晚上，在家庭会上，中奖者妻子列出了奖金的支配方案。中奖者看到550万的奖金，被妻子支配得一分不剩，他没有立即表态，而是从抽屉里拿出一张捐款明细单，说："我14岁时，上学途中摔伤过左腿和左臂。当时家里十分贫困，我没有医疗保险，意外不仅让我远离了学校，还让贫困的家庭雪上加霜。"接着，中奖者展开明细单的背面："这是母亲生前留给我的最后一句话。她告诉我，今生今世都要做到但行好事莫问前程。"他又说："所以想把这笔钱捐给慈善机构。我想让那些贫苦家庭感受到来自社会大家庭雪中送炭般的温暖，亲爱的，你知道这是我多年坚持不断买福利彩票的主要原因。"他的这番话感动了妻子，也让孩子们为爸爸的善举骄傲。

得到了家人的支持，中奖者很快把所有奖金捐给了慈善机构。这一天，一家人开着老旧的汽车，心情却是无比舒畅。

每一个慈善的行动，都如同播种一粒种子，在时间的田野里生根发芽，开出希望的花朵。无论走到哪里，无论贫穷还是富有，只要相信慈善的力量，光明就在前方。

把顾客放在亲人的前面

杜海宽是呼和浩特铁路局集团有限公司包头西机务段的一名电力机车司机，时年58岁。自1985年起，他从司炉到副司机再到火车司机，杜海宽在这个岗位上创造了连续36年"零违章、零违纪、零机破、零投诉"的四零纪录。

有一次，老母亲把做好的饭菜让儿媳给杜海宽带到火车上。母亲怕饭菜凉了，特意包上小棉被保温。而当杜海宽吃完后，他没有时间给送饭的妻子说几句感谢的话，就马上工作去了。

刚走不远，杜海宽看到一位白发苍苍的老人，背着行李，拄着拐杖，艰难地往火车上赶。他一看时间还允许，就急急忙忙地搀着老人，背起老人的行李，和颜悦色地把老人送到了座位上。

有位同事对杜海宽的做法大惑不解，问他："你爱人走那么远的路给你送饭，你没有时间说几句感谢的话，却对素不相识的乘客如此关心，这是为啥？"杜海宽说："一家人有的是时间去关心，我对妻子也不冷漠，时间宽裕时我也懂得儿女情长，但工作时应以乘客为重。再说，白天她也要忙工作，我也不想她耽误自己繁忙的工作。再说，两口子相互间都能体谅对方，两口子的私事也都是儿女情长的小事，比起乘客出门在外的不易，我们夫妻间的那点不周到也算不了什么。乘客是在家百日好出门一日难，尤其是老人们，他们大多腿脚不好，是最需要照顾的，我看到年迈的老人，就如同看到了我自己的父母，保证乘客的安全正是我的使命。只有乘客安全到站了，我才安心。家人为了我的工作也吃过很多苦，休班时我会努力多做家务，多多陪伴他们，想方设法孝敬父母。"

当我们因为工作繁忙，忽视了照顾自己的亲人时，我们要对理解自己的亲人说声"谢谢"，在时间宽松时想方设法弥补自己对亲人的愧意。这样，亲人就能站在你的角度，替你着想，关心你，呵护你。同时，我们要尽力做好工作，用出色的成绩告诉亲人，我以工作为重，但我也没有忽视你们，在时间允许时，我会给亲人以补偿。这样，就会工作、家庭两不误。火车司机杜海宽是这样说的，也是这样做的，所以，工作上他令人尊敬，生活中他也是好丈夫、好父亲。

骑行之美

2019年，在欧洲街头的自行车免费维修保养项目随处可见。德国的托马斯·穆勒是位汽车和自行车的维修师，我一有关于车的问题都喜欢请教他，高端汽车的、自行车的，还有各种车型保养小秘籍。穆勒说："不是自己技艺超群，而是从小到大从事的维修行业太多，每学一门维修车辆的技术，都会对其进行深入的研究和分类，汽油车的保养秘籍、柴油车的保养秘籍、电动车的保养秘籍、自行车的保养秘籍等等。"

穆勒还说，他工作很忙，大部分维修店里的事情都交给徒弟们去做，自己现在就是一个自行车爱好者，做好了骑自行车环游天下的计划。几辆豪车都被他锁在了自家车库里。他在背包上印了几个大字："减少大气污染，绿色出行。"

这些年，一直陪伴他的就是自行车了。不用担心缺油熄火，更不用担心堵车堵到水泄不通。无论春夏秋冬，骑行无比潇洒，说走就走，而且畅通无阻。

去年，穆勒老想换一辆红色的跑车，我知道他徒弟有一辆是穆勒最入眼的那种车型。建议他用房车找徒弟置换，看看是否可行。穆勒说，不置换，交往半辈子了，我们两个之所以现在还能有时间天天骑行，就是为了能天天开开心心地活着，不为别的。

我感慨，骑行才是绿色出行，我们也可以一路走一路唱，一旦遇上恶劣天气就可以找借口躲在家里。

穆勒说，人这辈子总要为自己保留一点真正实用又健康的东西。骑行不是为了拉风，也不是为了潇洒，而是能在与自然的亲密接触中获得健康和快乐，还能让地球多一些绿色少一些污染。

这话在理儿。风在耳边低语，路在脚下延伸，骑行的每一步，都是对生活的热爱，都是对自由和美景的奔赴。

"粗放"式带娃

朋友小王在以色列生活超过了10年，已经以半个以色列人自居，对很多"奇奇怪怪"的事习以为常。但在龙凤胎儿子和女儿上幼儿园后，小王的育儿观被刷新了。

小王向同学炫耀说："短短半个月后，我明显感觉到两个孩子进步了，独立了，吃得好，睡得也好。三岁的孩子回家会自己搬小板凳吃水果，吃完会把盘子送到厨房，且坚决拒绝被喂，很快就会熟练准确地使用羹匙和叉子。玩完玩具后也会放回原处。"

同学却说："孩子每天带回来一身沙子，还有不止一次地被咬伤。我太心疼了，我不能接受孩子在幼儿园受伤，也不能接受孩子每天玩得这么脏。我要给孩子退学。"

不久，小王也被几张儿子和女儿在淤泥里玩的照片惊呆了。原来这家幼儿园的宗旨是：怎么开心怎么玩。进入六月，以色列已是标准的夏天，所以，园里的沙坑会辟出一块，灌水，和好泥巴，喜欢玩的孩子都可以自由去玩。院长说，孩子们这样玩，除了特别高兴，还能让他们凉快下来。当然，孩子们每天回家的时候，又会多了两套换下来的全是淤泥的脏衣服。

小王没有请求不让自家孩子玩泥巴，他怕院长会惊讶地问他，你家孩子玩得那么开心，你为什么要阻止他们？小王知道他的要求院长根本做不到，院长肯定会说："我没有那么残忍，我不可能让你家的孩子看着别的孩子玩，而将你家的孩子隔离开。家长你真的太可笑了。"

小王记得小时候在中国有句谚语是这样说的："养孩子，你要是泼辣着养孩子，孩子就会泼辣着长。"

很快，两年多过去了，小王的孩子们在这种"粗放"生长中不仅身高长高了一大截，性格也开朗大方了许多。小王悬着的一颗心终于放下了。

而当初选择给孩子退学的同学，还在为给孩子找一所理想的幼儿园四处奔走。

哪里有爱哪里就有财富

今年44岁的程程是中国山东莘县妹仲乡的一个修理工，在过去的许多年里，他一直靠自己的维修技术经营修车店。

2000年的一天，一位50来岁的村民推着自家的破旧农用三轮车在他的店门口徘徊。他的车子抛锚了，他十分着急地要抢收刚刚成熟的庄稼。

程程问他车子抛锚的原因，那位村民慌慌张张地说："我看着天要下雨，就急急忙忙想去地里拉小麦，可是我的三轮车关键时刻掉链子咋也发动不起来了，给您添麻烦了……"

程程及时为他排除了故障，拍拍刚刚修好的三轮车对村民说："赶快去吧，马上要下雨了。""修车的钱……"村民怯生生地问。程程说："这辆车修理费是200块钱，算我借给你的，等你农耕结束了再还给我吧。"村民十分感动地离去了，当天傍晚又来到修车店，告诉程程他已经拉完了田地里的小麦。20天后，他将这200块钱还给了程程。

经过这件事，程程发现，很多农民在大丰收的季节里都很需要一辆农用三轮车拉农作物，却因为没钱修车，经常让车子抛锚在农田坑坑洼洼的小路上。程程有了个主意：为何不在农田地头边开一家修车店？这样就能及时排除农用车的故障，为抢收赢得宝贵时间。

他的主意受到妹仲乡镇种植者的欢迎，镇政府很快为他在农田旁盖了一间修车房，让他大展身手。

十多年下来，程程帮助无数村民排忧解难，使农用车不再抛锚在田野，当然，诚信的村民也把维修农用车的钱还给了程程。镇政府还将程程的修车房定为本乡镇的"农机维修合作社"，把整个乡镇的农机维修项目交给他。程程没有因赊维修费给村民而遭受损失，反而收入更多了。程程常说："哪里有爱哪里就有财富。"他深知，帮人即是帮己，帮助的人越多，给予自己的回馈越多。

孩子不能缺土

　　我家附近的幼儿园园长李青青，对儿童健康和成长知识很有研究，她给家长们讲授了很多儿童早期营养、疾控教育的知识，对家长们帮助很大，家长们在李园长的指导下，成功养育出一批批活泼可爱的孩子。

　　有一次，一位年轻的妈妈向李园长抱怨："我家宝宝只要一去幼儿园上学，就会感冒发烧，孩子回到家，全家人也都会紧跟着感冒。"

　　李园长问孩子的妈妈："你带全家经常去公园玩吗？"孩子妈妈回答说："不去！"李园长接着问："那你为什么不带孩子去多多接触大自然呢？让孩子去公园多玩玩沙土和石子，多晒晒太阳，是多好的事啊。"没有想到，孩子的妈妈回答说："怎么可能？我怕外面的风沙会弄脏孩子的衣服和鞋袜，我更怕太阳晒黑了我们全家人的皮肤，但这并不代表我不让孩子玩耍，我给孩子够买了很多玩具，孩子不用下楼，就在家里玩，我每天都会杀菌消毒，让屋内一尘不染。"孩子妈妈激动地讲完。

　　李园长笑了起来，说："原来如此，问题就出在你太讲卫生、太爱干净了，因为你的爱干净，常常把全家人关在屋里，时间久了，人就没有免疫力了，所以孩子反而容易感冒。孩子经常感冒，并不是因为幼儿园的细菌病毒多，而是因为孩子缺氧而降低了免疫力，也缺少阳光、缺少户外锻炼。"听了李园长的一番话，孩子的妈妈半信半疑。可怜天下父母心，为了孩子的未来着想，孩子的妈妈最终还是决定，先接受李园长的建议，试试看。

从此，沙滩上多了孩子妈妈带着全家玩耍的身影，公园内也多了一个用"打滚"的方式下山的小男孩。小男孩身上的衣服弄脏了，但他却像是到了天堂一般地幸福。这之后，无论路人用什么样的眼光看待孩子，孩子的妈妈都不再在意。现在孩子妈妈的嘴上常常这样说："没关系呀，他愿意滚就滚嘛。"因为，她清楚，孩子需要多接触大自然。这之后，孩子再也不轻易感冒了，孩子的妈妈逢人就说李园长给出的办法很管用。

自从孩子接触大自然以后，不但上学再没感冒发烧过，而且孩子的身体也越来越壮实。从此，孩子妈妈一有空闲，就带孩子走进大自然，与其他孩子一起玩耍，孩子不仅身体健康了，性格也越来越开朗。

留下保护建筑遗产的种子

1915年，一场火灾将冰岛雷克雅未克的大部分草坪屋烧毁。这之后，联合国教科文组织于2011年提名冰岛上的草坪屋为世界遗产，并组织人员对幸存的草坪屋加以重点保护。据有关报道，当时冰岛青年小队自告奋勇把许多传统草坪屋改造成博物馆、酒店、特色餐厅、咖啡馆等，加以保护。

当时的联合国大会副主席汤姆森与冰岛青年小队之间有过这样一段对话：

"你们是冰岛精英的分子，我不愿意让你们在冰岛冒险。"

"如果不保护住冰岛的建筑遗产，就算不得冰岛的精英。我们决心已定，请求副主席把保护冰岛草坪屋的任务交给我们。"

"保护冰岛建筑遗产是要有丰富经验的，光有决心不一定能完成任务，我劝你们还是去过稳定一点的生活吧。"

"不，如果副主席不让我们坚守冰岛草坪屋，我们就不走。"

副主席犟不过冰岛青年，只好给每个人发了一些维护资金、一些维护建筑工具，还留下一些食物。冰岛青年小队维护冰岛草坪屋的队伍就这样留在了冰岛，守在一片草坪屋前。

冰岛的火山活动很活跃，而且多地震。刚开始，冰岛青年维护小队应对自然灾害颇为从容，但时间一长，发现冰岛遍地都是火山岩和苔原，当地木材奇缺，树木生长也十分缓慢，能用的多是灌木，以及少量从海上漂来的西伯利亚树木。缺少木材，盖房子和取暖都十分困难，一到冬天，冻死人是常有的事。

望着突然来临的飓风和暴雪，青年维护小队虽处置得当，但无一人逃离。就在性命即将不保的危急时刻，副主席分派的救援人员突然出现，迅速进入抢险队伍，冰岛青年小队迅速撤离到安全地带脱险。

原来，副主席特地安排了一支救援小组，在暗中保护这些冰岛青年小队。他再三嘱咐该组组长，一旦冰岛青年小队遇到危险需要援助时，就说恰好旅游路过这里。冰岛青年有守护冰岛草坪屋的热情，但经验不足，物资匮乏，千万不能伤害了他们的尊严。

战胜自然灾害之后，当记者采访此事时，副主席这样回答："为冰岛留点保护建筑遗产的种子。"

善意的温暖

　　我在西班牙居住 11 年的住所旁有一个华人牙医诊所，收费很高，拔牙、补牙都要花很多钱。所以有些人就买了牙患险，以为这样就能减少很多就医支出，可是他们忽略了买保险也是一笔不小的开支。

　　西班牙的牙医诊所为什么收费高？原因是西班牙的医疗保险没有将治牙归在医保范围之内，所以大部分人为了不支付高价看牙费用而购买"牙医险"。"牙医险"价格为一年 165 欧元，虽然保险的范围挺大，但保险公司规定只能在 3 家牙科诊所就医。我选了我住所旁的这家华人诊所。诊断后，牙医告知"需拔牙"。在西班牙，想拔牙免费，要提前预约。预约两周后，我按时到诊所拔了牙。忍着疼痛，看着护士递来的 75 欧元收费单，我一头雾水，不是拔牙免费吗？护士亲切地回复，拔牙程序免费，但是麻醉药、一次性工具和护士服务费不免。可是我早就买好了牙患险为什么还要付费？护士说，75 欧元是因保险打折后的价格，如果没有保险支付的价格是 135 欧元。

　　深知此套路的朋友事后告诉我，千万别买保险，如今在西班牙看牙要货比三家，每家的价格和服务项目都不同，还能和牙医讨价还价。

不久，一位亲戚因西班牙语不熟要我陪同看牙。这次，我特意多询问了几家诊所，最后选择了一家有积分还送智能手表的诊所。最近，我住所旁的诊所又出新招，补三收二，即补三颗牙收两颗牙的钱，紧接着又推出积分制，积到1000分送手机。积分最多的项目是种牙或矫正牙齿。同样的治疗，不同的积分福利，让越来越多的患者走进这家诊所，因为他们感受到一种善意的温暖。

无论在世界的哪一方，每个人心中都渴望拥有一份善意的温暖。对牙科诊所而言，一方面，要拥有精湛的医术，另一方面，以各种营销手段提高患者的体验感和满足度，是他们的竞争手段，也是对顾客的善意表达。

最后一声鸟鸣

澳大利亚近期出了一张名为《消失鸟类之歌》的音乐专辑，其素材主要源自澳大利亚野生动物观察家斯图尔特的收藏。

斯图尔特16岁的时候，父亲买下一处山林，这里是鸟类的天堂，也是鸟类逃亡的避难林。斯图尔特在山林里就曾搭救过七彩鸟，他亲眼看到鸟类的境遇，暗暗下定决心，赶走林道周围的捕猎者。

一天，斯图尔特正在帮父亲看护山林，突然，一只七彩鸟儿掉落在他身旁。斯图尔特赶忙用双手小心翼翼地把它捧了起来，给它抹了一点枪伤药，七彩鸟受伤的翅膀止住了流血和疼痛，清澈的眼睛似乎感激地望向斯图尔特。

这时，捕鸟的人追了过来，七彩鸟拼命拍打着受伤的翅膀，想拼命飞走，但很快被抓住并扔进鸟笼。

斯图尔特愧疚地看着它，恨自己没能救它远走高飞。就在这时，他看到永生难忘的一幕，这只七彩鸟用力拍着受伤的翅膀，冲他发出最后一声鸟鸣。七彩鸟知道它即将面临的厄运，可它为什么这最后一声鸟鸣如此悦耳动听？他一时迷茫不解。

七彩鸟被抢走后，斯图尔特将心中对捕猎者的愤恨告诉父亲，父亲综合所见所闻，很快想出一个办法，要他把各种濒临灭绝的鸟类鸣叫的声音收录下来，让它在为听众带来"自然之声"的同时，提升人们对生物物种和自然环境保护的意识。

据澳大利亚广播公司报道，这张名为《消失鸟类之歌》的音乐专辑共收录了全球53种稀有鸟类的叫声，包括夜鹦鹉等。

很多年后，有人问斯图尔特，为什么能出这样一张专辑。他回答道："我永远忘不了那只七彩鸟与我分别时最后一声的鸣啼。后来我才明白，除了它的感激之外，我猜想是它心底升腾起了希望，它感觉这个世界还有友善存在。那一点枪伤药不但止血止疼还止住了它内心的绝望。鸟是大自然的精灵，它应该感觉到了人类的善良情感。"

最坚实的依靠

2010年，生活在湖北省十堰市的吴艳红和贺琦在经过双方父母同意后终于结婚，这一年，贺琦22岁，吴艳红20岁。

结婚后，夫妻恩爱，贺琦凭借着盖房手艺，一直在周边打工挣钱，吴艳红则就近找活干。2011年他们的儿子贺萧然出生；2015年女儿贺美熙呱呱坠地。夫妻俩勤劳持家，儿女双全，日子越过越有奔头。一家四口正享受着天伦之乐，可是一场意外打破了原本的幸福。

2015年10月，丈夫贺琦在村里给邻居盖房时不幸从二楼坠落造成截瘫。尽管妻子东借西凑给贺琦治病花了40多万元，可是贺琦却始终没有站起来，意外的事故将生活重担全压在妻子吴艳红一个人身上。当时，她几乎靠喝中药度日。喝过的药碗通常随手一放，一段时间后，药碗堆满了餐桌。她在悲痛中无心清洗，但每隔几天，她就发现所有的碗被洗得干干净净，在餐桌上闪闪发亮。"难道是婆婆实在看不下去了？"她想。

一天早上，她轻手轻脚地起来给孩子们做早饭，在经过厨房的窗户时，隐约发现丈夫的轮椅在里面，显然天还没亮他就起来了。吴艳红走进厨房时，一眼看见水槽旁边坐着一个人。他没穿外套，袖子卷得高高的，正在刷洗一大堆布满污渍的碗。那是受伤未愈的丈夫！她才知道，过去这几个月来，都是坐着轮椅的丈夫而不是婆婆，偷偷地为她清洗药碗。一阵心疼、感动和自责浮上她的心头。

"你这么重的伤为什么还要帮我洗碗？"她泪眼婆娑地问。"你身体还没痊愈，又早起为我做这么多事情。"丈夫说，"你为我的病操碎了心，为了挣钱给我治病每天开着三轮车下乡卖货受苦受累，看着你日渐消瘦，我每一天都在想我能为你做些什么？"吴艳红被感动得泪如雨下，她把这件事告诉了两个孩子，孩子们知道爸爸那么心疼妈妈，表现得更懂事了，也更加疼爱自己的爸爸妈妈了。

丈夫没被病魔击垮，他对妻子始终如一地疼爱，而让妻子更爱这个家庭。丈夫在疼爱妻子的过程中，也得到了妻子的爱。虽然摆地摊的生意越来越难做，夫妻两个人心里始终是甜的。

奶奶从小教育贺琦说："孩子，浇树浇根交人交心。"这个道理的核心思想非常真切而朴素：在深爱的未婚妻子准备嫁到婆家为丈夫生儿育女之前，准备当丈夫的贺琦提前想到一个问题，我能为深爱我的妻子做些什么？

虽然贺琦舍不得让深爱的妻子受苦受累，但是妻子吴艳红听说湖北的竹溪、竹山，陕西的白河和平利等乡镇离大城市比较远，在那里摆地摊比较容易赚钱。吴艳红就与丈夫商量买了一辆双排座小货车。贺琦说服不了妻子，只能顺从妻子。为了避免下雨淋湿车上的货物，吴艳红请人在小货车的车厢上安装一个顶棚。由于出去跑一圈需要几个小时，吴艳红就和丈夫带着换洗的衣服和做饭的炊具。贺琦最喜欢做妻子爱吃的饭菜，他对妻子说："虽然我的双腿无法走路，但是只要一想到我还能为你做些什么，就是我今生最大的幸福。"

　　吴艳红和贺琦的小家庭在面临风雨时无畏无惧，在面临困难时不离不弃，彼此成了最坚实的依靠。

41年的爱心守护

  2022年2月1日清晨，在邻居家里，84岁的丙水叔和81岁的彩英阿姨早已起床给邻居智障孩子洗衣、做饭、打扫卫生，这是他们照顾邻居阿才的第41个年头。

  44岁那年，丙水叔见阿才的爸爸病重，就经常和妻子去他家看望，看到阿才家一贫如洗的样子，为之难过："太可怜了！我要在阿才父亲去世后保护好这个智障孩子不受委屈。"一颗善良的种子就此种下。

  在两天后的傍晚，阿才的爸爸经过再三犹豫之后，才在临终之前对阿水说，他自己的病好不了，但老婆孩子都有病，如果没有人帮助的话，可能也活不下去，就想拜托你们来帮忙照顾一下。在得知丙水也有同样的想法后，阿才爸爸很难为情地说："我家除了病妻和病孩子之外一无所有，真是太辛苦你们了。"

  从此，丙水在农忙之中常常来回奔波，别人劳作一天后十分劳累，都吃饱喝足睡觉休息去了，他还要饿着肚子赶紧去照顾邻居家智障孩子的吃喝拉撒睡。15年后，在全村村民的选举下，丙水夫妇的善举被评为"五好家庭"。

没想到艰难的日子里又出了意外，阿才在十五岁那年因过年的鞭炮太响受到惊吓跑丢了，跑到了离村子几公里之外的地方，一个星期都没找到。还好遇到了好心人，把阿才收留了几天，才没有发生意外。那之后丙水夫妇就把阿才看得更紧了，无论刮风下雨，还是酷暑严寒，丙水都无微不至地照顾着阿才。

每次给阿才理发时，阿才都很抗拒，他不但不喜欢理发，更不喜欢洗澡。理发连哄带劝还能理完，但是洗澡一直是个大难题，开始的时候，丙水还能帮他洗一洗，夏天天气热，就接一大盆水放在院子里晒热，到了傍晚丙水帮他洗，冬天的时候用丙水妻子烧的热水给他洗。但随着年纪的增长，孩子越来越不听话，现在澡也不让洗了，每天就用毛巾随便擦一擦。

2022年1月1日，84岁的丙水去给阿才送饭时摔了一跤，摔破了脑袋，缝了六针，如今还有疤痕。丙水很担心自己走不动了将来怎么办。这么多年下来，虽然阿才从来不会表达感恩感谢，但每当想起阿才爸爸的临终嘱托，再看看被自己照顾得平平安安的阿才，他和老伴感觉所有的付出都是值得的。

为了这一句临终嘱托，丙水和妻子一年365天时时刻刻都在挂念着阿才。有一次，彩英做心脏支架手术，因为丙水要留在家里照看阿才，所以只有小女儿在医院照顾她。彩英从手术室出来，看见小女儿的第一句话就是给老伴打个电话，问问阿才有没有吃饭。她常挂在嘴边的一句话是："任何时候我都不能放弃，因为我答应了阿才父亲的临终托付。"

2022年6月1日这天，丙水比平时早起了一个小时，给阿才送饭洗衣回来后，又带上农具去麦田里和妻子收麦子。忙完了一天，拖着疲惫的身子回家，妻子先做好饭，丙水又赶紧给阿才送过去。丙水夫妇早就下定决心：我们就是只有一碗饭吃，也要先让阿才吃饱！

阿才是个苦命的孩子。家里五口人，只有他爸爸一个人有劳动能力，他和三个姐姐、母亲智力都有缺陷，但阿才最为严重，几乎没法与人交流，自理能力也很差。

丙水夫妇在这40多年中不仅安葬了阿才的父母，还送嫁阿才的三个姐姐，更是40多年如一日不离不弃地照顾着阿才的生活。

丙水两口子常说："我们坚守的不仅仅是一句嘱托，更是照顾好一个智障孩子的责任。守护这个智障孩子40多年，是我们发自内心的父爱母爱。"

兄弟情深

2020年，一位家住四川宜宾的80岁老人，他虽然年迈多病，然而就在不远处县城里的哥哥即将迎来90岁生日，为了不让他挂念自己，他决定去看望哥哥。老人换上崭新的衣服，背上一袋哥哥爱吃的红薯，准备出发。

在临出家门的时候，老人思考再三还是把新衣服换了下来。穿着新衣服，肩扛10斤红薯，不是他平日里的样子，仿佛丢了个啥重要的东西，心里挺别扭。老人一生都是在农村度过的，做人从来都是本本分分，诚诚恳恳，坦坦荡荡。他思前想后，还是穿上了自己平时爱穿的旧衣服，为哥哥送去他最爱吃的红薯。

哥哥看到他十分感动，给了他足够买10件新衣服和10倍红薯的钱。

哥哥说："我看重的不是一袋红薯的价值，而是亲人之间的感情。"喜悦和满足挂在哥哥的面庞。

有一种爱叫亲情，有一种幸福是当你老了，哥哥还在。

第三章

敬畏闪闪发光的灵魂

坚守阵地的战士夜抢敌军粮库

敌人把坦克开了过来，几百门火炮齐射，头顶上的飞机开始狂轰滥炸阵地。战士们时时刻刻都在冒着生命危险，他们的目的就是要抢回阵地，这是抗美援朝志愿军战士们的责任。

可是，面对成千上万的敌人，要抢回阵地，谈何容易。

战士们守在战壕，饿了吃蚯蚓、蚂蚱，渴了嚼一点野菜、野草和树叶。一个个被风吹得灰头土脸。

孙占元的战壕在最前沿，军粮物资枪支弹药要经过敌人的营地才能到达。可要命的是，敌军的营地不是一般的营地，面积大小从三里营这个营名就能看出来要给孙占元送补给，需要通过1500米的敌方营地路，眼看守了三天三夜，敌营没给我军留下任何缺口，敌人三步一岗，五步一哨地封锁了道路。粮食和水什么时候才会运到孙占元的战壕？

战壕里的食物奇缺，蚯蚓、蚂蚱、野菜也吃光了。孙占元干着急，情不自禁想起小时候奶奶煮的玉米面、地瓜粥，想起满屋飘着的香甜味，仿佛回到了奶奶的小厨房，馋极了。要是早点把军粮、枪支弹药运来，该多好。可这时候，敌兵早已把多条山路围得水泄不通。

看样子孙占元和战士们又要守到天亮。这时远远传来了脚步声，忙得一天到晚没有停下来的老兵来了。他绕着战壕转，一声不吭，直挠头皮，不时抬头往敌营方向张望。蓦地，他站起身子，大步向战壕外走去，吩咐大家仍在战壕守卫，然后转向孙占元，说："走，跟我走！"

老兵提着枪。孙占元拿着最后一枚手榴弹。两道黑影在匍匐移动着。

原来老兵要去1000多米之外的敌军营的粮仓。那里有一条小路，这里的军用物资、枪支弹药都是从那条小路运来的。不过白天敌人看得仔细不敢去，晚上趁着天黑去。羊肠小道满是乱石、柴草。好多地方有露出棺木的老坟。因为前几天打过仗，死了不少敌人，偶尔还会碰到敌军的尸体。

孙占元快速地匍匐前行，望着敌军庞大的军营，咬紧牙关。老兵从一个黑黑乎乎的敌军尸体上爬了过去，一会儿听身后没了动静，压低声音道："快跟上！"孙占元也从敌军尸体上爬了过去。

那个紧张呀，孙占元的心怦怦直跳，大气不敢出，埋着头匍匐前进，极怕敌人的探照灯发现自己。他既担心着前边的老兵，又担心着自己，还担心着战壕里的战士们。沿路爬过好几具敌军没掩埋完的尸体，一个个张着干裂的大嘴，仿佛要水喝……

突然，敌军的军用粮库着起大火，一时间枪弹齐发。少数敌兵连忙赶去救火，在探照灯下跑来跑去，似给孙占元和老兵一个抢粮的好机会。但他们怀疑这是一个阴谋，不敢轻举妄动。

老兵头也不抬，继续匍匐前行，在敌军尸体多的地方，搜寻着枪支弹药朝身上挂。突然，孙占元的腿被拖住了，他差一点叫出声来，老兵忙回身，闪电一样退到孙占元身边，原来是敌军尸体的一根僵硬的手指挂住了孙占元的一只快磨掉底的鞋子。老兵把自己的一只鞋子脱下快速给孙占元穿上。两人继续匍匐前行。老兵小声告诉孙占元，咱们快胜利了，你看敌营那么多的军用物资、枪支弹药都快烧完了。

突然，老兵停下来，叫孙占元不要动，小心越来越近的探照灯。随后，他们一点点地向前移动。

终于来到小路口，这是阻挡军用物资、枪支弹药运送的要害地方，他们顾不上沿途磨烂的衣服和鞋子。

趁敌军去救火的空隙，把军用物资悄悄地一人一袋背在身上。

老兵一刻不敢停，还为战友背了一袋食物和一桶水。

敌军粮库火势越来越大，把半个夜空都快照亮了，火光夹杂着浓烟被风吹了过来。

在一阵阵浓烟的掩护下，老兵跑得飞快，孙占元紧跟其后，半路被敌军的尸体绊倒，两个人爬起来继续跑，终于跑出了火光和探照灯的范围。

战士们在战壕里听到了老兵回来的脚步声，开心地笑了，说粮食好多，水好多。

士兵们互相推让着吃了顿饭，眼睛都笑成了一条缝，一个个精神起来。马上，老兵带着孙占元和战士们队准备围剿敌人的粮库。任敌军粮库的火光冲天，任探照灯扫来扫去，他们将以最快的速度抢夺粮库，坚守住阵地……

主动请缨挑重担

1944年抗战期间，山西晋察冀日报第二印刷厂向刘澜涛、李葆华等人和警卫人员布置了艰巨的麻绳运输任务。当时，正值我军和日军战斗较为激烈的时期，日方对我们和物资运输看管很严，一发现就会全力打击。李葆华等人在敌我双方交战的炮火声中接下了任务。

为表示对这次任务的重视，晋察冀日报第二印刷厂总厂长张红军亲赴战场一线，就运输的细节问题进行妥善安排。在上级下达命令时，刘澜涛等人对印刷厂提出的毛驴运输等难题均没有提出异议，而偏偏对其设定的五驮子麻绳头表示不满。刘澜涛等人觉得，为了不辜负厂长的信任和老百姓对图书的热切期待，应按照图书印刷量的标准来备货，所以他们主动要求将运输数量由五驮子麻绳头增加到十驮子麻绳头。

这让张红军厂长十分感动，因为他原本担心刘澜涛等人会嫌任务过重难以完成，而刘澜涛等人却主动请缨挑重担，对于任务的数量，非但没有要求减少，反而要求增加一倍。这之前，极少数工作人员与刘澜涛等人的做法相反，常常对毛驴运输提出诸多要求，而对运输的数量则尽可能减少。

刘澜涛等人的精神令张红军非常感动，他突然明白，为什么刘澜涛等人能成为共产党人，而这之前一些原本素质很好的工人在走过枪林弹雨之后却逃之夭夭。这之后，在刘澜涛等党员的感召下，工厂的工人抗战的劲头更足了，大家纷纷要求到最危险的地方工作，干最苦最累的工作，许多员工也主动要求参军、入党，全厂员工的精神面貌焕然一新。

既然选择了走一条路，就应该乘风破浪走下去，哪怕别人没有对我们提出过高的要求，我们自己也要主动加码，勇往直前地把任务完成好。

自己甘愿和稀泥

1889年，湖北抚军谭继洵在江边请张之洞吃饭，由知事陈树屏作陪。张之洞酒过三巡说道："我看着江面有七里三宽。"此时，谭继洵也喝得头重脚轻，口齿不清地说道："我看江面只有五里三宽，他的宽度肯定不足六里。"趁着酒劲，你一言我一语，当两个人争得面红耳赤、不可开交之时，坐在一旁的陈树屏就想进行劝解。陈树屏绞尽脑汁想出一个"和稀泥"的好办法，他笑着说道："两位大人说得都对。江水涨的时候是七里三，江水落了就成五里三。"张之洞和谭继洵觉得这个稀泥和得十分到位，于是两个人都开开心心地赏了陈树屏20两银子。

这让我想起父亲在世时的一件事。两个哥哥已经跟着父亲做了几十年的农活，一年四季都很忙。说实话，大哥从小腿脚不太好，种的庄稼总是食不果腹，每次见他下了地干活，父亲都拿着锄头帮他除草。我说：明天大哥下地，我和他说说，干活不能总是马马虎虎。父亲忙说：千万别说他，每一个人都有自己的优点和缺点。他能养活一家人就挺好的。再说，你二哥地里每年都是大丰收，每年都多给我粮食，我吃不完的接济你大

.186.

哥一些就足够了。你大嫂一直没孩子，却起早贪黑帮着你二嫂看管着三个孩子，一家人不要分得那么清。水太清了还没鱼呢。"我说父亲在家总爱和稀泥，父亲却说，只要全家人过得很幸福，和和稀泥没有什么不好。

一个人做人做事的最高境界就是助人为乐，也就是说，只要是能帮助别人渡过难关的办法都是好办法，和稀泥也不失是一种好办法。

魏征"自找麻烦"

"贞观之治"时期之所以国泰民安,魏征功不可没。魏征虽然相貌平平,却有胆有谋,善于让唐太宗矫邪归正。有一次,皇上得到了一只很好的鹞鹰,天天放在手臂上把玩,见魏征匆匆前来,急忙藏到怀中。魏征上奏时故意滔滔不绝拖延时间,鹞鹰由于长时间窒息,最终闷死在皇帝的怀中。

还有一次,大臣们知道皇上要去南山游玩,眼瞅着奏折如山,皇上却无心批阅,大臣们一个个交头接耳议论纷纷,却都不敢出面说。只有魏征不怕龙颜大怒,主动自找麻烦,劝谏皇上以国事为主。皇上接受了魏征的建议,取消了南山游玩活动,专心致志批阅奏折。

皇上对魏征很满意,他原本担心魏征也会随波逐流、胆小怕事,而魏征却"自找麻烦",对于皇上的一时玩物丧志,或皇上松懈时的不自律,都能够及时进谏或阻止,让皇上清醒,不至于做出误国误民的决定。

皇上有很多个大臣,而像魏征这样主动进谏劝阻皇帝矫邪归正的大臣极少,魏征的忠心令皇上十分感动。以至于魏征死后,唐太宗为魏征罢朝五日，因为唐太宗常常把魏征比作自己的镜子，魏征死后，唐太宗李世民常常怀念地说，自己少了一面镜子。

当魏征见到皇帝的做法不妥时，他没有为了顾及自己的安危而不管不问，而是本着对百姓负责的精神，临危不惧，及时进谏，像这样的忠臣怎能不令天下人尊敬呢？

科学救国的竺可桢

　　1918年，竺可桢以优异的成绩顺利完成学业，获得了哈佛大学气象学博士学位。归心似箭的他拒绝了美国多所高校的邀请，满怀希望地踏上了归国的轮船。他憧憬着用自己的所学报效祖国，期盼着早日实现"科学救国"的理想。然而，他在美国留学的这些年，自己的祖国在战乱中满目疮痍，竺可桢很痛心。

　　一直到1927年蔡元培创办了中央研究院。当时蔡元培与竺可桢有这样的对话：

　　"你是国家最优秀的博士之一，我很想把你留在教室里教书育人。"

　　"如果蔡老师不让我去气象台实践，我就不配做这个最优秀的留学博士。我坚决要求蔡老师给我一次锻炼自己的机会。"

　　"你想去实践，必须有丰富的经验，光有不怕苦不怕累的决心不一定能干成事，我劝你还是到教室当个老师比较合适。"

　　"不，如果蔡老师不让我到气象台去实践，我就自己建一个气象站。"

　　蔡元培犟不过竺可桢，只好邀请他筹建中央气象研究所，并任命他担任所长，这也成为落后的中国气象科学的一次重要的转机。

自然灾害开始肆虐。刚开始，竺可桢在气象台观察预测得颇为从容，但很快便处于洪涝干旱频繁发生的多事之秋。天气多变时有发生，这使得实践经验不足的他手忙脚乱。六月的天像孩子的脸说变就变。南方洪水泛滥，北方干旱少雨，老百姓眼看要颗粒无收，望着无情的天气，竺可桢有些无计可施。在危急时刻，蔡元培带领中央气象站的老员工预报指挥，该抗洪的抗洪，该救灾的救灾，采取最有效的措施减少老百姓的疾苦。

原来，蔡元培早已培养了一支高级气象研究人员队伍，在幕后帮助竺可桢。他再三嘱咐该队队长，在竺可桢需要援助时，不要伤了他的自尊心。

竺可桢对气象研究倾注了满腔热血，在全国范围内广泛设立测候所，开展观测与研究，形成了我国气象观测网的雏形。

1930年，中央气象研究所正式绘制东亚天气图，并发布天气预报和台风预报。这是中国人对自己的国土和海域独立自主预报天气的开端。这一年，中国将天气预报的"主权"收回。

不妥协的"囧妈"黄梅莹

在2020年这个特殊的春节里,《囧妈》火了,70岁的老演员黄梅莹也再一次火了。观众们都被黄梅莹饰演的卢小花这个母亲的形象深深感动了。然而,人们没有想到的是,当初黄梅莹的家人并不支持她去演《囧妈》。

黄梅莹看完徐峥的这个剧本时,激动不已,她觉得剧中人物卢小花的故事,就像是她自己生活的翻版,当即决定接受邀请,加入这个剧组。

家人并没有因为她的激动而同意,因为黄梅莹已经快70岁了,已经息影5年了,身体也大不如从前,而影片中有大量镜头需要到俄罗斯去拍摄,需要长途跋涉。另外,家人知道她还有严重的恐高症,影片中的有些动作对她来说比较危险。但是,在黄梅莹看来,这些问题都不是问题。她说,自己的身体其实没有什么大问题,只是体力不如从前,但自己可以加强锻炼,尽快提升身体状态。同时,自己有着40年的表演经历,克服恐高症还是有办法的。她想要参演这部电影,不为名,也不为利,只是因为喜爱这个角色,她想把自己更好的一面展现给观众,因为这是她热爱一生的事业与梦想。

家人见黄梅莹如此执着，无奈地放弃了劝阻。儿子暂时放下了工作，陪伴她到俄罗斯参加拍摄。最后，黄梅莹克服了各种困难，成功塑造了卢小花这一伟大母亲的形象，让这部影片和这个形象在观众心目中都留下了深刻的印象。

通往梦想的道路也许并不平坦，但只要不畏惧，不放弃，积极地去面对，勇敢地接受挑战，困难就会退却，梦想就会实现。

敬重歌迷

　　呼和浩特有一位酷爱刘德华歌曲的歌迷，他是一位先天性重疾患者，因为常年吃药，导致家徒四壁。2006年，他给刘德华写了一封信，信中写到："我太穷了，坐不起飞机，估计这辈子也看不到你的演唱会了。不过不要紧，还有下辈子。华仔哥，下辈子，你能不能不要改名，还叫刘德华，我一定攒够钱去看你的演唱会。"

　　当时，刘德华正在准备2007年首站上海和广州的全国巡演，他在家看到这封信后，便把呼和浩特定为巡演的第一站，当时上海和广州的演唱会门票已经被歌迷们全部抢购一空，经纪人百般劝说刘德华，却没有一点效果，无奈之下，经纪人只好选择给歌迷退票。这样，上海和广州的门票损失非常惨重，刘德华却不为所动。在呼和浩特演唱会上，他含着泪敬重地对歌迷们承诺说："下辈子我不会改名，我还叫刘德华。"

　　刘德华的话音刚落，台下坐在轮椅上的那位买不起飞机票的歌迷激动万分，他虽然坐不起飞机，但是他却看到了刘德华的演唱会。他睁大浮肿已久的双眼，抠了抠自己的双耳，使劲掐了掐自己的脸，被掐过的脸很痛，他却露出了孩子般幸福的笑容。

有记者曾这样问过刘德华："你的歌声里充满了温馨和善良的气息，优美的歌声里也表达着希望。但是生活中你很少谈及自己的歌迷，你对歌迷是什么态度呢？"刘德华说："是敬重，敬重歌迷，敬重美好，敬重希望，这样才能用歌声传递正能量，这样我才能回报歌迷对我的热情。"

后记

关于我的写作

拜师帖

张老师：

您好！我是"故事动力"零基础学员武秀玲，40岁时我有一个作家梦，大家知道后都认为我是痴人说梦，一个小学都没有毕业的家庭主妇还想当作家简直是天方夜谭。

虽然常常被人嘲笑，但是我依然坚持自己的文学梦。在接下来的日子里，我坚持不懈地写作，积极投稿。可是无论怎么写，怎么投，寄出去的稿件都音信皆无，石沉大海。经过反思，我认为想要实现文学梦，必须经过专业的培训。

一次偶然的机会，我在网上看到"故事动力"的招生启事。当看到"故事动力"零基础学员频频上稿名报刊大报刊时，我就决定加入"故事动力"。

在课堂上，张老师手把手传授实战写作方法，让我知道接下来怎么去写。此外，在张老师全方位的指导下，我还学到黄金素材搜索方法及如何高效投稿。从加入"故事动力"到今天，我不仅在名报刊、大报刊发表大量作品，而且还成功加入济南市作协。

尽管取得这么好的成绩，可是我还想创作更多的优秀作品，想成为省作协会员，想出书。因此，我申请成为张鹰老师的弟子，学习更高层次的课程，获得更多的好机会，以及在文学之路上有更广阔的发展空间。

之所以要拜张鹰老师为师，是因为"故事动力"的教育成效有目共睹。我坚信成为张老师的弟子后，自己的文学路将会更加宽广。

感恩"故事动力"圆了我的写作梦

从儿时起，我就有一个梦想，希望自己能像鲁迅先生一样写出传世佳作。可当我把梦想告诉母亲时，换来的不是赞美和鼓励，反而得到了批评和谩骂，母亲认为女孩认几个字不被欺骗就行了，主要是把家务农活干好。

随着岁月的流逝，我结婚生子之后与母亲渐行渐远，自己的文学梦却越做越清晰，做完工作和家务之余，我手不释卷，读了很多书还是写不出作品来，为此，我在网上搜索到了培训写作感悟文的网校。

去年夏天，我通过微信联系到张老师。经过和张老师的沟通，我详细了解到"故事动力"不但教写作还批改作业，并且老师不辞辛苦地为学员推荐作品发表。这些正是我渴望的。为此，我决定跟着张老师圆梦。

当我把这个决定告诉老公时，他说："你干好工作和家务，看好孩子做好饭就行了，还想入非非想当作家，净做白日梦，真是瞎子点灯白费蜡。"老公的脾气我是知道的，大男子主义很重，我不想跟他硬顶，就找到姐姐借来了学费。

上课时，张老师用的是语音，我怕老公听到后会更反对，所以每次我都会把微信语音变成文字再偷偷地学习。

从小母亲灌输给我的思想就是女人不用学太多文化，我不想违逆母亲，所以不敢去想、不敢去做也不敢去写，压抑自己的梦想好多年，以致精神恍惚病倒了。当我病愈之后，我丢失了一部分记忆，而丢失的恰好是恐惧。无畏的勇气让我迎难而上，让我如饥似渴地学习、探索，终于有一天，我不敢想象的事情发生了，我的作品发表了。我喜极而泣，我感恩张老师，感恩周校委和部长，感恩"故事动力"终于圆了我的写作梦想。